Bernd Schroeder

Auf Amerika

Roman

Carl Hanser Verlag

1 2 3 4 5 16 15 14 13 12

ISBN 978-3-446-23885-5

Satz: Gaby Michel, Hamburg
Druck und Bindung: CPI – Ebner & Spiegel, Ulm
Printed in Germany

FSC
www.fsc.org
MIX
Papier aus verantwortungsvollen Quellen
FSC® C006701

Für

DIE GEFALLENEN VON HAUSEN 1939–1945
Aufhammer, Ludwig *1917 †1940 – Bachmeier, Josef *1919 †1942 – Bachmeier, Korbinian *1921 †1943 – Bachmeier, Ludwig *1922 †1941 – Dachser, Peter *1930 †1945 – Eisenrieder, Paul *1917 †1942 – Fendt, Johannes *1918 †1939 – Fendt, Karl *1916 †1941 – Holzer, Sebastian *1918 †1944 – Karpfinger, Wendelin *1916 †1942 – Kreitmeier, Korbinian *1920 †1940 – Krimmer, Hans *1919 †1943 – Krimmer, Leopold *1918 †1941 – Messmer, Franz *1916 †1945 – Messmer, Alois *1918 †1942 – Niedermeier, Karl *1929 †1945 – Pflügler, Hans *1921 †1942 – Pflügler, Matthias *1922 †1943 Reichelmeier, Georg *1918 †1942 – Reichelmeier, Ludwig *1920 †1944 – Sattler, Martin *1915 †1945 – Wagner, Michael *1930 †1940

Die ich alle nicht kennengelernt habe,
und für
Kolb, Veit *1904 †1983,

der sie alle kannte.

1

Eine Fotografie vom Veit hatte ich nie. Woher sollte ich sie haben? Den Veit hat doch keiner fotografiert. Der ist wahrscheinlich in seinem ganzen Leben nicht fotografiert worden. Vielleicht gab es ein Foto auf seinem Ausweis, seiner Kennkarte, wie man bei uns sagte. Wenn er überhaupt eine Kennkarte hatte. Einerseits hieß es immer, dass es den Veit amtlicherseits gar nicht gegeben hat, andererseits musste man sich fragen, wie er ohne Kennkarte nach Amerika hätte kommen können. Wenn er überhaupt in Amerika war. Gewissheit darüber bekamen die Hausener nie. Ich in späten Jahren schon.

Mein Vater, der selbst wohl nie in Amerika war, aber so tat, als wäre er dort gewesen, sagte damals, unmöglich, ohne Ausweis kommt man nicht nach Amerika, da kenne er sich aus. Vielleicht hatte mein Vater auch keinen Ausweis, denn er war, glaube ich, nie irgendwo anders als in Berlin, von woher er und meine Mutter kamen. Selbst im Krieg schien er nicht herumgekommen zu sein, jedenfalls war er nie an einer Front. Auch Hausen und die Dörfer ringsherum verließ er kaum. Er hatte kein Auto und konnte wegen einer Gleichgewichtsstörung, wie er sagte, nicht Rad fahren. Er ging alles zu Fuß – mit langen Schritten, denen zu folgen ich mich immer schwertat.

2

Einmal fahren wir mit dem Bus auf München hinein in den Tierpark Hellabrunn. Mein Vater schimpft furchtbar, weil alle Viecher in viel zu kleine Käfige eingesperrt sind. Ein Leopard kann sich in seinem Käfig nicht einmal umdrehen, ohne dass er an die Stäbe stößt. Eine Sauerei ist das, sagt mein Vater, er hat die Tiere in der freien Natur – nein, er sagt nicht Natur, er sagt Wildbahn –, in der freien Wildbahn hat er die Tiere gesehen. Wann und wo mein Vater einen Leoparden gesehen hat, der nicht in einem Käfig war, weiß ich nicht, und ich wundere mich, dass mein Vater, wenn er einen gesehen hat in der freien Wildbahn, noch lebt. Wir gehen danach nie mehr in den Tierpark. Ein andermal gehen wir aufs Oktoberfest, wo sie meinem Vater beim Auf-geht's-beim-Schichtl den Kopf abschlagen und wieder dranmachen. Ich habe ganz wenig Angst um den Vater und seinen Kopf. Nach dem Schichtl gehen wir in ein großes Zelt, wo der Vater zwei Maß trinkt, was ihn sehr fröhlich macht. Alle Leute, sogar ganz fremde, mögen den Vater, weil er so viele Geschichten weiß. Einmal fahren wir nach Riem, zum Flugplatz, wo alle die Flugzeuge stehen, die man sonst bei uns draußen nur wie einen silbernen Pfeil am Himmel sieht. Wie sie so dastehen, die Flugzeuge, glaube ich nicht, dass die fliegen können, noch dazu mit so vielen Menschen im Innern. Aber dann sehen wir sie starten und landen. Mein Vater sagt, dass er Fernweh hat. Das kenne ich nicht, ich kenne nur Heimweh. Das hatte ich, als ich mal im Waisenhaus war. Andere Ausflüge machen wir nicht. Meine Mutter bleibt immer daheim. Sie mag die vielen Menschen nicht.

Da mein Vater immer da ist, glaube ich nicht, dass er überall da war, wo er sagt, dass er war. Aber er kann von überall in der Welt erzählen, als wäre er dort gewesen. Manchmal, wenn er betrunken ist, höre ich meinen Vater sagen: Als ich seinerzeit in Indien war. Oder: Die Bären in Kanada, die waren größer als wir. Oder: Wenn man den Petersdom von innen sieht, dann ist der so groß wieder nicht.

Eigentlich wird bei uns im Dorf niemand fotografiert. Außer meiner Mutter hat ja niemand einen Fotoapparat. Meine Mutter fotografiert viel mit ihrer Agfa-Box. Blumen fotografiert sie und Bäume und Felder und den Wald, und das alles zu allen Jahreszeiten. Einmal fotografiert sie den Nebel, nichts als den Nebel. Da ist auf dem Foto nur alles grau, und mein Vater lacht und sagt zur Mutter, Elfriede, so sieht es in deinem Kopf aus.

Hunde und Katzen fotografiert die Mutter auch und ganz kleine Viecher, Käfer und Bienen und so was. Weil sie aber die Menschen nicht mag, fotografiert sie die nicht. Keinen einzigen, meinen Vater nicht, mich nicht, keinen Menschen, nicht einmal kleine Kinder. Auch die Amisoldaten und die Neger, mit denen mein Vater amerikanisch spricht, fotografiert sie nicht. Am Mittwoch fährt die Mutter mit den Weibern aus dem Dorf mit dem Bus in die Kreisstadt und bringt die Filme zum Entwickeln. Die Woche drauf, wieder am Mittwoch, bringt sie die Bilder mit, die sie in große Bücher hineinklebt. Auch den Nebel klebt sie hinein. Unter die Bilder schreibt sie mit ihrer schönen Schrift, was man auf dem Bild in Schwarzweiß sieht: Eiche. Sonnenblume. Käfer. Nebel. Kirche. Pfarrhaus. Schule. Feuerwehrteich. Hölle. Haus vom Lammer. Dahinter schreibt sie jeweils das Datum, was für mich keinen Sinn hat, weil das Haus vom Lammerbauern, in dem wir wohnen, immer gleich aussieht. Jahrelang. Und nicht nur das Haus

vom Lammer, fast alles, was sie fotografiert, sieht immer gleich aus.
Als wir später ein eigenes Haus haben, von dem mein Vater immer sagt, dass es nicht uns und auch nicht der Berliner Oma, sondern der Raiffeisenbank gehört, fotografiert sie das nicht, weil sie sagt, so ein hässliches Haus, so eine Schuhschachtel, die einem nicht einmal selber gehört, muss man nicht auch noch fotografieren. Ich mag das Haus auch nicht, darum macht es mir nichts aus, dass es dem dicken Mann von der Raiffeisen gehört. Wegen mir hätten wir das Haus nicht gebraucht. Ich habe viel lieber auf dem Lammerhof gewohnt.
Auch Kühe und Ochsen und Pferde fotografiert meine Mutter nicht. Vor denen hat sie Angst. Die sind ihr zu groß. Und den Stier vom Wirt fotografiert sie nicht, und den Veit, den Knecht vom Wirt, erst recht nicht.
Darum habe ich keine Fotografie vom Veit.

3

Mein Vater glaubte sehr häufig annehmen zu dürfen, meine Mutter habe nur Nebel im Kopf, nichts als Nebel. Er hielt jeden Menschen, der nicht wie er mit großen Gesten und hochtrabenden Worten daherkam, für schlicht, einfältig oder dumm. Das betraf beinahe alle Dorfbewohner, aber vor allem meine Mutter und den Veit.
Den hielt er für einen Trottel, der seiner Meinung nach in der Kindheit eine Hirnkrankheit gehabt haben musste. Meine Mutter betrachtete er als das Opfer ihrer Großeltern, die sich 1940 umgebracht hatten, warum, darüber

spekulierte nur er. Lebensuntüchtig, depressiv, erblich belastet. Meine Mutter sagte dazu nichts. Als ich ihn, in der Schule mit der Nazizeit konfrontiert, einmal fragte, ob diese Großeltern Juden gewesen seien, sagte er: Höchstens ein Achtel, wenn überhaupt. Jedenfalls, sagte er, sei das damals kein Grund gewesen, sich umzubringen, sie hätten ja auswandern können, wie Millionen andere Juden auch. Dann hättest du aber die Mutter gar nicht kennengelernt, gab ich ihm zu bedenken. Das wäre dann, meinte er, für sein Leben auch kein allzu großes Drama gewesen.

Meinem Vater, für den Streiten zu seiner Natur gehörte, gelang es selten, mit meiner Mutter zu streiten, sosehr er es darauf anlegte und geradezu Gelegenheiten suchte oder heraufbeschwor. Meine Mutter steckte seine Bosheiten ein, verteidigte sich selten, gab kaum ein Widerwort. Nur dadurch, glaube ich, haben sie es so lange miteinander ausgehalten.

Einmal, erinnere ich mich, ließ meine Mutter allerdings eine seiner Anschuldigungen nicht auf sich sitzen. Es gab den einzigen großen Streit, den ich zwischen ihnen erlebt habe. Und das kam so.

Wenn gewählt wurde, regional oder bundesweit, kamen in Hausen zu den ganzen christsozialen Stimmen stets zwei Stimmen für die Sozialdemokraten dazu. Auf diese Stimmen war mein Vater stolz, waren sie doch der Beweis dafür, dass er weiter dachte, moderner war, weltgewandter und mutiger als alle anderen in Hausen, und dass seine Frau ihm gehorchte. Es war kein Geheimnis, jeder wußte es, dass mein Vater, der Rote, der Kommunist, der harmlos war, weil er ja nur einer war, SPD wählte und dass meine Mutter das auch tat, gehorsam, wie sie in solchen Sachen war.

Eines Tages kam am Abend nach der Wahl der Bürgermeister Lehner aufgeregt zu meinem Vater. Seiler, sagte er, wir haben ein paarmal nachgezählt und noch mal in die Urne geschaut, es ist nur eine SPD-Stimme da, hat deine Frau nicht gewählt? Natürlich hat sie gewählt, sagte mein Vater entrüstet, aber je mehr der Lehner schwor, dass alles mit rechten Dingen zugegangen sei, desto größer wurden die Zweifel am Verstand meiner Mutter und die Erkenntnis, dass sie nun auch zum Wählen zu dumm war. Als der Bürgermeister zerknirscht gegangen war, kam es zu diesem heftigen Streit. Natürlich habe sie gewählt und auch richtig, und es könne doch vielleicht auch einmal sein, dass er sich auf dem Wahlzettel vertan habe, das gehe ja schnell. Auch Männer, sagte sie, seien fehlbar. Das ihm! Er tobte, sie ertrug es und fuhr am nächsten Tag für eine Woche zu ihrer Schwester nach München. Er sprach von Scheidung und einem Internat, in das ich gesteckt würde, und er hielt in der Wirtschaft eine flammende Rede darüber, was es doch für ein Unfug gewesen sei, den Frauen das Wahlrecht einzuräumen. Er lobte die Schweiz und irgendwelche karibischen Inseln, auf denen die Frauen angeblich auch nicht wählen dürften, und die Mehrheit der Männer stimmte ihm zu, obwohl ihre Frauen, wenn überhaupt, dann doch richtig gewählt hatten.
Als ich meine Mutter später – sie ließen sich nicht scheiden – auf die Geschichte ansprach, lächelte sie nur.

4

Den Schreibnamen, wie man bei uns sagt, also den Familiennamen vom Veit weiß ich nicht. Der Veit ist halt der Veit, weil er ja keine Familie hat, wo man sich den Schreibnamen merken müsste. Und einen Hof hat er auch nicht, wo es ja einen Hofnamen und den Schreibnamen gibt. Der Lammer schreibt sich Pflügler. Wir haben auch keinen Hof, aber wir sind eine Familie. Da bin ich der Seilerbub und mein Vater ist der Seiler. Nur meine Mutter ist die Frau Seiler oder auch die Frau Seilerin. Zu ihr sagen die Leute Sie, zu meinem Vater Du. Du, Seiler, oder du, Herr Seiler, sagen sie. Und der Wirt ist der Wirt und die Wirtin ist die Wirtin. Und der Lehrer ist der Herr Lehrer. Du, Lehrer, oder du, Herr Lehrer, der Wiggerl muss heute im Heu helfen, der geht nicht in die Schule, heißt es. Der Pfarrer ist der Hochwürden. Du, Hochwürden, kannst du für den Großvater selig eine Messe lesen lassen, sagt man. Und der Schuster ist der Schuster, und der hat sogar den Schreibnamen Schuster, weil, wie mein Vater sagt, bei dem alle Vorfahren Schuster waren und man ihnen dann irgendwann den Namen Schuster gegeben hat. Beim Schneider ist es genauso, und der Holzer schreibt sich Holzer, weil er Schreiner war und man zum Schreiner früher Holzer sagte. Und wir heißen dann, denke ich mir, Seiler, weil unsere Vorfahren Seile gemacht haben. Das sei wohl so gewesen, sagt meine Mutter, aber mein Vater, der, wie ich glaube, alles besser weiß als meine Mutter, sagt, dass unsere Vorfahren Henker gewesen sind, die man aber Seiler genannt hat, weil sie mit den Seilen die Menschen aufgehängt haben, vor allem, sagt er, die Frauen. Warum denn die Frauen?, will ich wissen. Weil die Hexen waren und ihren Männern untreu, sagt er. Meine Mutter widerspricht meinem Vater, wie gesagt, selten. Da aber ist sie wütend und sagt zu meinem Vater, er soll doch dem Jungen keinen solchen Unsinn erzählen, schlimm genug, dass er solche Ansichten habe, und wenn er recht hätte, dann müssten wir ja wohl Henker heißen, weil kein Mensch jemals einen Henker Seiler genannt habe, und im übrigen habe man die Hexen nicht aufgehängt, sondern verbrannt, zu Unrecht meistens, zu Unrecht!

Henker, antwortet mein Vater, hat man die Henker nicht genannt, denn wer hätte schon Henker mit Namen heißen wollen? Und den Namen Seiler hat er doch in die Familie gebracht, sagt er, und es handelt sich also um seine Vorfahren, und da müsse er wohl wissen, was die gewesen sind. Und was die Hexen betrifft, so hat man die da, wo die Seilers herkommen, im Osten, sehr wohl aufgehängt, und das ist sogar heute noch üblich, weil dort jetzt der Russe das Sagen hat, und deswegen sollen wir froh sein, dass wir jetzt hier leben und nicht beim Russen.

Ja, ich bin froh, dass wir nicht beim Russen leben, sondern in Bayern, in Hausen, in der Nähe von München. Bei uns sind die amerikanischen Soldaten. Die bringen Schokolade und Kaugummi. Ich hab Angst vor denen, besonders vor den Negern, weil sie so furchtbar schwarz sind. Ich weiß ja, dass sie einem nichts tun, gerade die Neger nicht. Die lachen fast immer. Die anderen Ami – wir sagen die Ami, mein Vater sagt die Amis, wenn er nicht überhaupt sagt die Amerikaner – die Ami lachen auch viel, aber da sieht man es nicht so wie bei den Negern. Die Bauern mögen die Ami nicht, weil die, wenn sie Manöver haben, mit den Panzern mitten durch die Felder fahren, egal, was da gerade wächst oder gerade reif ist für die Ernte. Die dürfen das, sagt mein

Vater, weil sie den Krieg gewonnen haben, denn hätten wir den Krieg gewonnen, würden wir heute in Russland mit Panzern durch die Felder fahren. Oder sogar in Amerika.

5

Den Bauern, die ahnten, dass meinem Vater die Hitlerei, wie sie jene Jahre nannten, ganz gut gefallen hat, war das kein Trost. Sie hatten den Hitler und die ganze Nazibagage nicht gewollt, so wie sie auch den Krieg verfluchten. In Hausen hatte keiner gefragt, wollt ihr den totalen Krieg?, und darum hatte auch keiner ja geschrien. Doch, einer, der Lechner, der sich Ortsgruppenführer nannte und in Uniform herumrannte. Man mied ihn, misstraute ihm, legte sich aber nicht mit ihm an. Er war ein Häusler, wohnte im Gemeindearmenhaus, hatte keinen Hof, kein Hab und Gut und keine Familie. War er vorher einer, der nicht einmal am Bauerstammtisch geduldet wurde, geschweige denn irgendetwas zu sagen gehabt hatte, so war er plötzlich wichtig. Es gab jetzt welche, die Angst vor ihm haben mussten. Jetzt war er wer, jetzt ging er aufrechter als sonst, und man renovierte ihm das Hüterhaus, ließ ihn am Bauerntisch sitzen, hörte sich an, was er über die neuen Zeiten und die neuen Sitten und die wichtigen Köpfe und den einen einzigen wichtigsten Kopf aller Köpfe im Lande zu sagen hatte, und man widersprach ihm vorsichtshalber nicht. Der Lechner, sagte man sich, braucht das Hakenkreuz, das er an seine Hauswand gemalt hat. Mit ihm sollte es allerdings gleich nach dem Krieg böse enden. Der Lechner, so sagte man jetzt, erledigte sich selber.

Wenn einer wie mein Vater in der Wirtschaft das Verlieren des Krieges beklagte und Strategien entwarf, wie man ihn hätte gewinnen können, verstummten die Bauern ebenfalls. Es erfüllte den einen oder anderen mit Bitterkeit, dass er einen oder zwei oder sogar drei Söhne oder Brüder, die wahrlich nicht Soldaten werden wollten, an diesen Krieg verloren hatte, und dass so einer wie der Seiler, der das alles gar nicht so falsch fand, damals, heil davongekommen war und noch schwadronierte damit.

6

Ich brauche keine Fotografie vom Veit. Ich sehe ihn ja immer vor mir. Er ist klein, rundlich, irgendwie überall gepolstert, mit einem Bäuchlein. Er hat riesengroße Hände, in die mein ganzer Kopf hineinpasst. Sein Kopf ist kugelrund, mit abstehenden großen Ohren, was besonders auffällt, weil er nur noch ganz wenige Haare um die rote, wie poliert aussehende Glatze hat. Er hat leicht wässrige, blaue Augen und ein dicke Nase, und er schaut einen immer so freundlich an, dass ich glaube, er ist neben dem Messmer-Ludwig der glücklichste Mensch von Hausen. Bei der Arbeit trägt er immer einen Hut, der auf seinen Ohren aufsitzt. Er tut alles ruhig, ohne Eile. Darin ist er das Gegenteil meines Vaters, der immer rennt und hetzt. Wenn mein Vater nach links gehen will, dann will er gleichzeitig auch nach rechts gehen, und dann geht er mit dem Kopf in die eine Richtung und mit den Beinen in die andere, und da weiß der Kopf nicht, was die Beine wollen, und umgekehrt. Dann flucht mein Vater und geht geradeaus und weiß aber

nicht, was er dort soll. Darum, glaube ich, ist mein Vater kein glücklicher Mensch.
Der Veit, das sagt er selbst manchmal, ist mit seinem Leben zufrieden.
Ich hab, was ich brauch, und was mir nicht fehlt, das brauch ich nicht, sagt er.
Die Sprache vom Veit ist nicht ganz die der Hausener. Der macht manchmal so seltsame Laute wie hajo und woisch, die verraten, dass er nicht von hier ist. Von wo er her ist, darüber schweigt er.

7

Während am 6. Juni 1944 die Alliierten in der Normandie landeten, warteten weit entfernt, im damaligen Sudetengau, heute Tschechien, deutsche Frauen, die man aus dem zerbombten Berlin hierhergebracht hatte, auf die Geburt ihrer Kinder. Die Männer waren im Krieg. Irgendwo an der Front, vielleicht tief in Russland, vielleicht tot oder verwundet oder in Gefangenschaft. Die meisten der Frauen hatten keine Nachrichten mehr bekommen. Auch meine Mutter wusste nicht, wo sich mein Vater befand, ob er noch lebte. Um fünf Uhr morgens, an diesem 6. Juni, wurde ich geboren. Mein Vater lag im Lazarett in Berlin, ein Radfahrer hatte ihn überfahren. Irgendwie erreichte ihn die Nachricht von meiner Geburt. Man wollte ihn, da er wieder gesund war, noch mit ein paar Alten und halben Kindern als letztes Aufgebot an die Front schicken. Er türmte und schlug sich in einer abenteuerlichen Flucht zu Frau und Kind durch, wovon er später gerne und ausführlich wie von einer Heldentat erzählte. Er, der ein Nazi war, machte sich gerne zum Deserteur, womit er sich über das schlechte Gewissen seiner Generation hinweghalf. In Aussig spürte die Familie dann doch noch den Krieg. Die Russen kamen näher, wir mussten fliehen. Es verschlug uns nach Bayern, in ein Flüchtlingslager bei Erding, wo die Amerikaner den Militärflughafen besetzt hielten und mein Vater Arbeit bekam.

Da er nun sich und seine junge Familie zu versorgen hatte, versuchte er neben dem Job bei den Amerikanern auf alle möglichen Arten zu Geld, Essen, Trinken und Zigaretten zu kommen. Da kam er auf eine, wie er später immer betonte, geniale Idee. Er nahm mich, den am Tag der Invasion Geborenen, mit in die Kasernen und Clubs. Er zeigte den Soldaten meine Geburtsurkunde, und sie ließen sich alle mit dem »Invasion-Baby« auf dem Arm fotografieren. Dafür gab es Whisky, Zigaretten, Schokolade und Kommissbrot in Dosen. Mein Vater belieferte das halbe Flüchtlingslager. Er war der Held der Geflohenen.

Die Vorstellung gefiel mir immer, dass irgendwo in der amerikanischen Provinz, sagen wir in Massachusetts oder in Nebraska, ein weißer oder ein schwarzer Amerikaner vom Krieg in Deutschland erzählte und dass er zum Beweis ein Foto zeigte, auf dem er mit dem deutschen »Invasion-Baby« zu sehen ist.

Dass die Amerikaner meinen Vater damals trotz dieser Kontakte ein halbes Jahr einsperrten, das verschwieg er stets, er, der sein Leben immer interessanter fand als jeden Roman. Angeblich hatte ihn ein Vorgesetzter der Amerikaner verdächtigt, die Geschenke gestohlen zu haben. Da ich später Anlass hatte, anzunehmen, dass mein Vater wohl doch ein größerer Nazi war, als er uns gegenüber zu-

gab, glaube ich, dass die Bestrafung schon eher damit zu tun hatte.
Nach seiner Haft verließen wir das Flüchtlingslager und landeten in Hausen, dem bayerischen Dorf, das meine Heimat werden sollte. An meinem zweiten Geburtstag, so erzählte meine Mutter später, saß ich schon auf dem Schoß der Lammermutter, der Bäuerin, bei der wir in zwei Zimmern unterm Dach bis zu meinem achten Lebensjahr wohnten. Im Juni 1946 begann meine glückliche Kindheit. Meine Wiege stand unter dem mächtigen Zwiebelapfelbaum, in dessen Blätterwerk ich viele Bildergeschichten lesen konnte, die Hühner schissen auf mich, und ich war ein glückliches Kind.

8

Der Veit, der ein so friedlicher Mensch ist, dass er sich sogar von der Wirtin alles gefallen lässt, mag Leute wie meinen Vater nicht. Der ist für ihn einer, der nur mit dem Maul, aber nicht mit den Händen anschafft, ein Siebengescheiter, wie man so einen hier nennt, aber eigentlich nicht braucht, einer, der, wie der Veit sagt, die Hände nicht aus der Hosentasche bringt, dem man die Hosentaschen zunähen müsste, damit er mit seinen Händen was anpacken könnte und nicht nur mit dem Maul.
Der Veit, sosehr er für mich und alle anderen zum Dorf gehört, viel mehr als meine Eltern und ich, ist auch nicht von hier. Die Lammermutter sagt, der Veit ist halt irgendwann einmal auf der Brennsuppe dahergeschwommen, aber nichts Gewisses weiß man nicht. Und wenn ich den

Veit frage, Veit, von wo kommst du her, dann lacht er und sagt: Jamei, Bub, das ist so lang her, das hab ich schon vergessen. Er mag halt nicht darüber reden, denke ich mir. Dass man vergisst, wo man herkommt, das kann ich nicht glauben.

9

Wenn man bei uns über etwas nichts Genaues wusste, etwas ein Geheimnis zu sein schien, sprach man darüber besonders viel. Der eine sagte so, der andere so, einer wusste dies, der andere das, und am Ende gab es auf der Welt zwischen dem Beichtstuhl und den Schlafkammern der Bauern so viele angebliche Wahrheiten, dass keiner mehr wusste, was die wirkliche Wahrheit war. Bei der Postlerin, wo das einzige Telefon war, wohin man zum Telefonieren ging, weil man den Viehdoktor brauchte oder den Menschendoktor, war die Informationszentrale von Hausen. Die Postlerin war Herrin über jegliche Post und Mithörerin aller Telefongespräche. Sie wusste, was wichtig war, was geredet wurde, was verheimlicht werden sollte, was man wissen musste. Sie las meiner Mutter, wenn sie eine Postkarte von deren Schwester Barbara überbrachte, schon im Kommen laut vor. Der Schwester geht es gut, in Rimini sind sie jetzt, schönes Wetter haben sie, und der Wein ist gut. Im Kramerladen, an der Milchbank und in der Metzgerei, wo alles wiedergekäut wurde, was von gegenüber von der Postlerin an Neuestem herüberkam, stellten die Frauen ihre eigenen Vermutungen über den Veit und seine Herkunft an.

Die Kramerin wollte gehört haben, dass der Veit das uneheliche Kind eines badischen Großbauern und einer Magd war, ein Bankert sozusagen, und als solcher verstoßen worden ist. Diese Wahrheit, eine von mehreren, war dazu angetan, in den Herzen der Bauersfrauen eine ganz besondere Tür zu öffnen. Von ihren Männern und deren fleischlicher Gier wissend, oft genug betrogen und gedemütigt, fühlten sie nicht nur mit der Mutter, die das Kind weggeben musste, sondern sie priesen auch den Umstand, nicht die Magd bei einem herrischen Bauern, sondern die Bäuerin selber zu sein. Der Veit war den Hausener Frauen ans Herz gewachsen. Vor ihm, der im Krieg so vortrefflich den an der Front befindlichen Wirt ersetzte, hatten die Frauen auch aus einem besonderen Grund Respekt. Weil man ja die Wirtin nicht verrecken lassen konnte, waren sie gegen ihre Gewohnheit während des Krieges regelmäßig in die Wirtschaft gegangen, um die Biere zu trinken, von denen die Männer in den Schützengräben nur träumen konnten. Der Veit war der Wirtin so vorbildlich zur Hand gegangen, dass mancher glauben mochte, er sei der Wirt gewesen. Es soll damals in der Wirtschaft, wo der Veit sozusagen der Hahn im Hühnerstall war, viel lustiger zugegangen sein als später, in Friedenszeiten, wo sich nur die Männer dort ihre Räusche besorgten und ihre Kriegserlebnisse schönredeten und zu Heldentaten auftürmten. Es müsste, sagte die Lammermutter einmal, extra eine Wirtschaft für die Weiber geben. Sie ging, wie fast alle Frauen, außer nach Beerdigungen nie wieder in die Wirtschaft. Über den Veit ging den Frauen jedenfalls kein schlechtes Wort über die Lippen. Sie grüßten ihn freundlich, erkundigten sich nach seinem Befinden und fragten sich natürlich auch gelegentlich, wie so ein Mannsbild wie der Veit so ganz ohne das weibliche Geschlecht auskommen konnte. Der ist halt ein Ochs, sagte die Postlerin, die gerne kurz und bündig und ohne lange Reden und Umschweife die Dinge beim Namen nannte. Es war, so viel wusste man, gleich nach dem ersten Weltkrieg, als der Veit, ein fünfzehnjähriger Bub, vor dem damaligen Wirt stand und gefragt hat, ob er keinen Knecht braucht. Weil der Wirt gerade beim Franzosen zwei Söhne in dem vermaledeiten Krieg verloren hatte, kam ihm der Veit gerade recht. Wo der herkam und warum, das hat den Wirt nicht weiter interessiert. Der war nun mal da, arbeitete trotz seiner Jugend wie ein Großer, verstand was von der Landwirtschaft und vom Schlachten, fragte nicht viel und redete und verlangte fast nichts, was auch der damaligen Wirtin, die eine noch größere Hexe gewesen sein soll wie die spätere Wirtin, gerade recht war. Und doch wurde immer wieder über die eventuelle Herkunft des Wirtsknechts viel spekuliert, zumal er selbst nichts erzählte, auf Fragen immer nur lächelte und schwieg, woran sich die Bauern gewöhnt hatten, nicht aber Leute wie mein Vater. Der Veit tat einfach so wie einer, der keine Erinnerung mehr hat.

10

Unser Dorf hat 365 Einwohner, für jeden Tag einen, sagt mein Vater. Darum denke ich, dass an jedem Tag des Jahres einer aus dem Dorf Geburtstag hat, so wie ich am 6. Juni, mein Vater am 13. April und meine Mutter am 16. Oktober und der Benno am 3. Mai und die Rosa am 21. August. Bei den meisten Leuten weiß man nicht, an welchem Tag sie geboren sind, weil hier alle katholisch sind und nicht den Geburtstag, sondern den Namenstag feiern. Der Veit hat am 15. Juni Namenstag, dem Tag des Heiligen Veit, manchmal auch Vitus genannt, den sie, wie der Pfarrer erzählt, in die Löwengrube geworfen haben, weil er dem Christentum nicht abschwören wollte. Die Löwen fraßen aber den Heiligen Veit nicht, sondern legten sich neben ihn und leckten ihm die Füße ab. Dann steckten ihn die Heiden in einen großen Topf mit heißem Öl, doch daraus befreiten ihn die Engel, und darum war er dann heilig. Er ist, sagt der Pfarrer, der Schutzheilige der Gastwirte und Bierbrauer. Das gefällt dem Veit. Das mit den Löwen und dem Öl glaubt er nicht, weil er nichts von dem glaubt, was der Pfarrer sagt. Das ist alles gelogen, sagt er, aber der Pfarrer darf ja lügen, weil er nicht beichten muss. Wenn die Pfarrer alle der Reihe nach beichten müssten, mein Lieber, da wäre was los! Er lacht.

Ich hab am 6. Juni Geburtstag, und du?

Ich auch.

Nein!?

Doch.

Das kann ja nicht sein. Ich sage ihm, dass doch jeder in Hausen an einem anderen Tag Geburtstag hat.

So ein Schmarren, wie soll denn das gehen? Was wäre denn da in der Stadt drin, wo Tausende von Leuten sind? Da müsste ja das Jahr Tausende von Tagen haben. Und schau doch beim Messmer, da haben sie Zwillingsbuben. Die haben am selben Tag Geburtstag.

Vom Veit lerne ich oft mehr als vom Lehrer Geißreiter. Und was der Veit sagt, das glaube ich, nicht nur, weil er am selben Tag Geburtstag hat wie ich. Der Lehrer lügt oft genauso wie der Herr Hochwürden. Mein Vater lügt auch.

Und er beichtet nicht. Da kommt er in die Hölle, und das geschieht ihm recht. Ich lüge meistens nicht, nur manchmal, weil ich ja protestantisch bin und nicht beichten muss. Das ist das einzige Gute am Protestantischsein. Ein paar Jahre später, als ich konfirmiert werden soll, kommt heraus, dass ich nicht einmal protestantisch bin. Im Krieg, sagt mein Vater, da war keine Zeit, dich taufen zu lassen.
Die Lammermutter hat also recht, wenn sie sagt, dass ich ein Heidenkind bin.

11

In der Wirtschaft, wo ja seine Stube, sein Wohnzimmer, sein Zuhause war, saß der Veit jeden Abend immer am selben Platz, am Kopfende des Bauerntisches mit dem Rücken zur Theke, und aß und trank, und es fragte ihn keiner der Bauern mehr nach seiner Herkunft. Der war halt einmal da und aus. Nur mein Vater, der sich lächerlicherweise einen Wahrheitsfanatiker nannte, gab sich nicht so einfach zufrieden. Als er den Veit ausfragen wollte, selbstverständlich voraussetzend, er sei die Autorität, der sich auch der Veit im Bezug auf die Auskunft über seine Vergangenheit nicht entziehen könne, antwortete der mit einem bescheidenen Anflug von Verachtung für meinen Vater, aber auch aus tiefster Überzeugung und Erkenntnis, dass doch nicht ein jeder wissen müsse, wo einer herkomme, und dass er im übrigen alles vergessen habe, weil er ja nicht so gut mit dem Hirn anschieben könne wie er, der Seiler. Und ob es ihm, dem Seiler, noch nicht aufgefallen sei, dass er, der

Veit, ihn, den Seiler, auch noch nie nach seiner Herkunft gefragt habe. Da lachten die Bauern, leise und sparsam, wie es ihre Art war, denn bei allem Respekt gegenüber dem viel wissenden und noch mehr sprechenden Flüchtling freuten sie sich doch, wenn es dem Seiler mal wieder einer gab. Und dass das nicht der Lehrer oder der Pfarrer oder der Doktor oder sonst ein Studierter, sondern der Veit war, das erfüllte sie mit mindestens so viel Genugtuung, wie es meinen Vater ärgerte. Der Veit lächelte in sein drittes von den fünf Bieren hinein, die er täglich trank. Man konnte sein Lächeln für die Torheiterkeit des Tumben halten, und mancher Fremde tat das auch. Aber man konnte auch wie mein Vater annehmen, dass man es mit einer hinterlistigen Verschlagenheit zu tun hatte. Menschen, die er nicht in seine Vorstellungen von der Welt einordnen und damit beherrschen konnte, verunsicherten meinen Vater sehr. Der Veit war einer von ihnen. Und ausgerechnet er, der Wirtsknecht, von dem man weder wusste, woher er stammte, noch ob er überhaupt lesen und schreiben konnte, der doch, wie mein Vater meinte, in der Schlange der 365 Menschen in unserem Dorf ganz hinten stand, da, wo schon die Grenze zwischen Mensch und Tier verschwimmt, da, wo bei den Amerikanern der Neger steht, ausgerechnet der, den er doch eigentlich für einen Trottel hielt, verweigerte sich seiner Neugier.

Die von meinem Vater als Kretin eingestufte Kreatur trank ihr letztes Bier aus und ging mit der täglichen Feststellung, dass morgen auch wieder ein Tag sei, in seine Speicherkammer neben dem Wirtshaussaal hinauf, kroch in seinen Strohsack und fiel bis fünf Uhr früh in einen festen, selten von irgendwelchen Sorgen getrübten, zufriedenen Schlaf.

12

Hakelsteckenmalen beim Lehrer Geißreiter. Spazierstöcke, alle gleich groß, gleich rund, gleich gerade, oben der Bogen nach rechts zeigend, alle auf einer Linie, von links nach rechts auf der Schiefertafel mit dem Griffel. Alle Hakelstecken in gleichem Abstand voneinander und in einer Reihe, wie auf einer Schnur tanzend, sagt der Lehrer. Wie soll das gehen? Es geht nicht. Meine Hakelstecken gehen von links oben nach rechts unten, sie wandern, sind ja Spazierstöcke, warum sollen sie nicht wandern, warum sollen sie in einer Reihe marschieren? Sie sind doch keine Soldaten. Es quietscht, der Griffel bricht ab. Dem Benno seine Hakelstecken sehen nicht besser aus als meine, doch das ist wegen der Furcht vor dem Lehrer kein Trost. Auch dem Schorschi und dem Adolf gelingen die Hakelstecken nicht, sind schon verwischt vom Schweiß, der von ihren Stirnen tropft. Nur die Hakelstecken von der Rosa, die direkt vor mir sitzt, sind Soldaten. Einer wie der andere, in gleichem Abstand, oben gleich rund, sich nach rechts orientierend marschieren sie, auf einer Linie, einer wie der andere schön. Schön wie die Rosa.

Da sitzt sie eifrig, malt, und ich bin verliebt in sie, in ihre beiden blonden Zöpfe und die abstehenden, kurzen, flaumigen Härchen dazwischen.

Mit Liebe im Kopf kann man keine Hakelsteckensoldaten malen.

13

An meinem ersten Schultag endete die unbeschwerteste Zeit meiner Kindheit. Fortan war ich für einige Jahre den wechselhaften, seinen Kriegserlebnissen geschuldeten Launen eines Lehrers ausgeliefert, der in Russland ein Bein verloren hatte und in uns Kindern, anders konnten wir uns sein Verhalten nicht erklären, die Schuldigen dafür zu sehen schien. Manchmal waren seine Krücken sein Schlagstock, aber einen Rohrstock hatte er auch, den zur Züchtigung zu gebrauchen ihm die bayerische Regierung noch ausdrücklich erlaubte. Ich habe später nie in Erfahrung bringen können, ob der Rohrstock von der Regierung gestellt wurde oder ob der Lehrer ihn selbst kaufen musste. Dass nicht nur ein Bein des Lehrers Geißreiter, sondern auch Teile seines Verstandes in Russland geblieben waren, ahnten wir. Bestätigt wurde das, als man ihn Jahre später wegen des Totschlags an seiner Frau einsperrte. Er hat sie mit seinen Krücken im Zorn erschlagen.

Seine Bestrafungen folgten keinem für uns erkennbaren oder begreifbaren System. Sie waren so willkürlich, dass es keinem gelang, ihnen zu entgehen, denn es konnte sein, dass einer die akkuratesten, geradesten, nie in solcher Perfektion dagewesenen Spazierstöcke auf die Schiefertafel malte und trotzdem der Zorn dieses einbeinigen Gottes auf ihn niederging. Sogar Mädchen schlug er. Der echte Gott, dachte ich damals, dessen Zorn sich in Gewittern, Stürmen und Überschwemmungen offenbart, wie wir wussten, der wahre Gott, der für das Sterben von Kindern, für Kriege und Missernten, für unerhörte Gebete und Missgeburten, für die ständige Bedrohung durch den Russen und überhaupt für alles Unglück zuständig ist, dieser Gott, ein bär-

tiger alter, durchaus freundlich dreinblickender Mann, der von der Kirchenkuppel auf uns herunterschaute, konnte nicht erbarmungsloser und zorniger sein als dieser Lehrer. Gott, noch glaubte ich ja, dass es ihn gibt, ist gnädiger, denn der hat ja kein Bein in Russland verloren.
Die ganze Bandbreite der Willkür und des Ernstes des Lebens lernte ich schon am ersten Schultag kennen, der bereits ein Hakelsteckentag war.

14

Ich finde meine Hakelstecken schön. Die neue Aufgabe heißt, die alten Hakelstecken mit dem Schwamm, der an einer Schnur rechts an der Schiefertafel hängt, auswischen und neue Hakelstecken malen, diesmal mit dem Bogen nach unten links. Links ist, wo die Fenster zum Friedhof hinausschauen, rechts ist, wo man in das Schulzimmer kommt und der Ofen steht. Das kann ich mir merken, so lerne ich rechts und links zu unterscheiden. Denn mit dem Spruch meines Vaters, links ist da, wo der Daumen rechts ist, komme ich nicht zurecht. Außerdem stimmt er nicht, wenn ich in meine Handflächen schaue. Ich betrachte meine Tafel. Die Hakelstecken purzeln von links oben nach rechts unten, fallen beinahe übereinander, als wenn einer den anderen fangen und schlagen wollte. Langsam drehe ich die Tafel. Weiter und weiter, bis der Schwamm links an der Tafel hängt. Jetzt laufen meine Hakelstecken wieder von links oben nach rechts unten wie Betrunkene, und sie haben den Bogen unten, nach links zu den Fenstern hin, so wie es in der neuen Aufgabe sein soll. Ich schaue zum Benno hinüber, der mühsam neue Hakelstecken malt. Er ist dumm, denke ich, warum dreht er nicht auch einfach die Tafel um. Es stellt sich heraus, dass der Benno klüger ist, denn ich werde für meinen Betrug vom Lehrer Geißreiter mit drei Rohrstockschlägen auf die Hand bestraft, der Benno nicht.

Es tut weh, der Lehrer lächelt dabei, ich weine. Noch nie hat mich ein Erwachsener geschlagen. Warum darf der das, was mein Vater selbst in seiner größten Wut nicht tun würde, meine Mutter sowieso nicht? Ich renne hinaus, die Treppe hinunter, verfolgen kann er mich nicht mit seinen Krücken, denke ich. Ich laufe ins Dorf, aber nicht nach Hause, sondern zum Wirt hinunter, wo im Hof vor der Scheune der Veit sitzt und eine Sense dengelt.

15

Beim Dengeln der Sense gab der Veit im Rhythmus seiner Hammerschläge auf das Sensenblatt seltsame Laute von sich, die kein Beten waren und kein Singen und auch kein Fluchen, nicht einmal ein Zählen und kein sonst was Erkennbares, aber von allem doch etwas. Ansprechbar war der Veit, bis er eine Sense fertig gedengelt hatte, nicht. Wenn ihn jemand fragte, ob er glaubte, dass das Wetter morgen gut für die Ernte würde, ob die Sau vom Krimmerbauern, die man morgen schlachtete, ob das nach seiner Einschätzung eine gute Sau wäre, tat sich in seinem Gesicht nichts, er dengelte, starrte auf das Sensenblatt, schien die Welt vergessen zu haben, war wie der Pfarrer, wenn er in der Kirche das Allerheiligste aus der Monstranz holte und in die Höhe hob, mit lateinischen Wörtern begleitet. Später, als ihn das ganze Dorf neugierig fragte, wo warst du zehn Tage lang, warst du in Amerika oder nicht?, lächelte der Veit, antwortete nicht, dengelte oder mähte, molk oder schabte die Borsten von einer frisch geschlachteten Sau, etwas wissend, was keiner wusste, ein Geheimnis wie den einzigen Besitz bewahrend, ein Geheimnis, das niemand kannte.

Mein Vater, der ständig auf der Suche nach einträglichen Geschäften war, die unser Von-der-Hand-in-den-Mund-Leben zu verbessern geeignet gewesen wären, machte auch vor dem Veit und seiner über Hausen hinaus bekannten Kunst des Dengelns nicht halt. Er bot sich an, in den Dörfern rundherum die Sensen einzusammeln, die der Veit dann dengle, gegen eine Bezahlung selbstverständlich, die mein Vater mit dem Veit zur Hälfte zu teilen sich bereit erklärte. Da konnte der von meinem Vater zum professionellen und genialen Kunstdengler erhobene Veit diesem einmal, wie es eigentlich dessen Gewohnheit war, mit einer Redensart antworten: Die Rechnung, Seiler, hast du ohne den Wirt gemacht. Denn der Wirt war sein Herr und kein anderer, und dessen Sensen und allenfalls die von Hausener Bauern dengelte er, und an einem Geschäft war er nicht interessiert, an Geld schon gar nicht, denn, sagte er, was er brauche, das habe er, und was ihm nicht fehle, das brauche er nicht. Der Wirt sah das genauso, und von den Seiler'schen Geschäftsgebaren nichts zu halten hatte er sich, wie viele im Ort, auch längst angewöhnt.

16

Lange schaut sich der Veit meine Tafel mit den Hakelstecken an. Zählt er sie? Schaut er jeden einzeln an? Er lacht, so dass man seine drei übriggebliebenen Zähne sieht, braune Stifte im Mund. Besser, sagt er, hätte er die auch nicht malen können, das seien schöne Hakelstecken, sagt er, viele Hakelstecken, und keiner wie der andere, alle verschieden. Wie die Menschen, sagt er, die sehen ja auch alle, einer wie der andere, anders aus.
Der Lehrer, sagt er, der Herr Lehrer Geißreiter, das ist einer wie der Hochwürden, der Herr Pfarrer und wie dein Vater auch, Leute, die meinen, dass die Gescheitheit und die ganze Denkerei und Lernerei und das Bücherlesen und fremde Sprachen lernen für einen Menschen wichtig sind. Aber das ist ein Schmarren.
Nein, vom Lernen und vom In-die-Schule-Gehen hält der Veit nichts. Dengeln, Melken, Mähen, Dreschen, Schlachten, Schreinern, Kartoffelnklauben, das braucht der Mensch.
Pass auf, Bub, lern nicht zu viel, dass dir nachher am Ende der Kopf nicht weh tut.
Noch tut mir beim Hakelsteckenmalen der Kopf nicht weh, und die Hakelstecken werden langsam wie Soldaten. Nur ab und zu steht einer dazwischen, der zu den anderen Soldaten nicht passt, der auffällt.
Später, als ich aufs Gymnasium gehe, schaut mich der Veit oft lange nachdenklich und besorgt an, wie einen der Doktor bei der Schuluntersuchung anschaut. Ob mir denn wirklich der Kopf nicht weh tut von allen fremden Sprachen und Zahlen und Büchern, warum ich denn nicht Schreiner geworden bin, mit meinen geschickten Händen.

Käsig bist du und dürr, dass man sich Höllen fürchten muss. Kein Gramm Fleisch ist dran an dir und kein Schmalz hast du, da wirst du nicht einmal ein Fass Bier tragen können. Willst du eventuell Pfarrer werden oder Lehrer oder was?
Baumeister will ich werden, Ingenieur oder Architekt. Häuser und Brücken und Kirchen will ich einmal bauen.
Ja dann. Als so einer brauchst du ja kein Fass Bier nicht tragen können.

17

Der Kreitmeier-Benno, der in der Schule neben mir saß, war das vierte von elf Kindern. Die Eltern hatten einen kleinen Bauernhof, der die große Familie recht und schlecht ernährte. In jede Schulklasse ging ein Kind von ihnen. Wie die Orgelpfeifen, sagte meine Mutter, die selbst gerne, glaube ich, mehr Kinder gehabt hätte.
Der Kreitmeierhof war der heruntergekommenste Hof in Hausen. Die Kreitmeierin, eine dürre, immer freundliche Frau, kam mit Mühe mit dem Haushalt und den Kindern zurecht, und der Kreitmeier, ein kleines dünnes Männlein, hätte die Landwirtschaft gar nicht machen können, wenn nicht alle Kinder, vor allem die älteren, mitgeholfen hätten. Der Älteste, Jakob, wurde schon als Jugendlicher als der eigentliche Kreitmeierbauer angesehen. Trotz der vielen helfenden Hände gelang es nicht, auf dem Hof und im Haus eine Ordnung zu halten oder das Scheunendach zu reparieren, die Regenrinne des Hauses zu ersetzen, wo aus den Rostlöchern das Wasser floss, oder die Kühe, die an

ihrem Hinterteil einen Panzer aus eigener getrockneter Scheiße hatten, abzuspritzen. Wie die Tiere, so hatten beim Kreitmeier auch die Menschen keinen Anspruch auf Sauberkeit. Die kleinen Kinder liefen völlig verdreckt herum. Aber, sagte mein Vater, sie sind alle gesund, was sollte also das ewige Waschen und Baden, was meiner Mutter so wichtig war?
Beim Kreitmeier geht es zu wie bei den Pollacken, sagte die Lammermutter, obwohl sie gar keinen Pollacken, wie man bei uns zu den Polen sagte, kannte. Da geht es auf Gant, sagten die Leute, was so viel heißt wie Zwangsverkauf und Armut. Wie furchtbar, dachte ich, wo sollten die denn mit den vielen Kindern hingehen? Es blieb die ganzen Jahre, wie es war, und die Leute in Hausen zerrissen sich das Maul über die Zustände beim Kreitmeier. Aber später, als alle elf Kinder es zu etwas gebracht hatten, ein Handwerk gelernt hatten, auf die Handelsschule oder auf Hauswirtschaftsschulen gingen, einer sogar aufs Gymnasium, der Lehrer wurde, bewunderten sie das schon.

18

Der Benno sitzt nicht nur in der Schule neben mir, er ist auch mein bester Freund. Wann immer er Zeit hat, wenn er nicht daheim arbeiten muss, sind wir zusammen. Das dauert über die ganzen Jahre, solange ich in die Volksschule gehe. Später, er macht eine Elektrikerlehre, sehen wir uns regelmäßig, ziehen an den Wochenenden über die Dörfer, erst mit den Fahrrädern, später mit seinem Motorrad.
Am Morgen muss er den Stall ausmisten, neu einstreuen,

die Kühe füttern, wenn sie nicht im Moos auf der Wiese sind. Da kommt er dann manchmal in der Frühe nicht dazu, sich die Füße vor der Schule zu waschen. Dann stinkt es im Klassenzimmer so sehr nach Jauche und Kuhscheiße, dass der Lehrer Geißreiter fluchend die Fenster aufreißt, den Benno in den Hof schickt zum Füßewaschen und sagt, bleib gleich unten und hack Brennholz! Da beneide ich den Benno immer, denn ich würde auch lieber Holz hacken als langweilige Geschichten aus dem Lesebuch abschreiben. Geschichten wie die vom dummen Hans.
Die Geschichte geht so:
Hol Pfeffer und Salz im Kramerladen, sagt die Mutter zum Hans und gibt ihm einen Teller. Der Hans geht zur Kramerin und sagt, Salz soll ich holen, und er hält den Teller hin. Die Kramerin tut ihm das Salz auf den Teller. Und Pfeffer soll ich auch holen. Wo soll ich den denn hintun?, fragt die Kramerin. Der Hans dreht den Teller um, und die Kramerin tut den Pfeffer auf den Teller. Daheim zeigt der Hans der Mutter den Teller mit dem Pfeffer. Und wo hast du das Salz?, fragt die Mutter. Der Hans dreht den Teller um. Es geht eben nichts über die Gescheitheit, sagt die Mutter.
Die Geschichte müssen der Benno und ich eines Tages zehnmal abschreiben, weil wir gelacht haben, wie der Lehrer Geißreiter über seine Krücke gestolpert und hingefallen ist. Lieber abschreiben als Tatzen mit dem Rohrstock, haben wir uns gesagt.
Beim Benno daheim bin ich nicht so gern. Da wuseln zu viele Kinder mit ihren Rotzglocken umeinander, und sogar die Hühner laufen in der Küche herum und scheißen auf den Boden. Dabei ist die Kreitmeierin immer sehr nett zu mir, und wenn sie sagt, ich soll doch zum Essen dablei-

ben, muss ich mir eine Ausrede erfinden, weil ich bei dem Dreck und angesichts der Kinder, denen noch das letzte Essen im Gesicht anzusehen ist, keinen Bissen hinunterkriegen würde. Ich glaube, der Benno merkt das. Aber wir reden nie darüber. Das Gute bei den Kreitmeiers ist, dass man, wenn man Verstecken spielt im Hof, gleich jede Menge Mitspieler hat, die alle vom Kreitmeier sind.
Wenn der Benno bei uns ist, dann ist er ganz schüchtern, bringt meinen Eltern gegenüber kaum einen Satz heraus, sitzt da, schaut sich um und sieht manchmal ganz traurig aus, als würde er mich beneiden um die Ordnung und Ruhe, die bei uns herrschen. Dabei ist es bei uns viel langweiliger als bei ihm daheim.

19

Mein Vater redete viel, wenn der Tag lang war und oft auch die Nacht. Er redete über alles, wusste alles besser als andere, redete über Dinge, von denen er nichts verstand, oft sogar weniger als ich. Ich wunderte mich manchmal, dass die häufig Fremden gegenüber misstrauischen Bauern ihn reden ließen, ihm zuhörten, manchmal gar zustimmten, durch leichtes Nicken zumeist. Sie waren bereit, ihm zuzugestehen, der Seiler ist in der Welt draußen herumgekommen, hat an den ungefährlichsten Fronten des Krieges gekämpft und geschickt überlebt. Der weiß mit dem Hirn anzuschaffen. So war mein Vater fast dem Pfarrer, aber auf alle Fälle dem Lehrer ebenbürtig. Im Gegensatz zu meinem Vater waren die beiden studierte Bauernsöhne. Der Pfarrer ist nie über die Kreisstadt, wo er im Priesterseminar war, hinausgekommen, war aber in Dachau im KZ, der Lehrer war einmal nach Russland und zurück marschiert. Vom Leben draußen in der Welt wussten sie nicht viel, weshalb sie nicht durchschauten, was für ein Blender mein Vater war. Sie sahen in ihm eine Bereicherung, denn von seiner doch häufig funktionierenden Überzeugungskraft gegenüber den Bauern, die er stets mit dem Hinweis untermauerte, dass er sich mit dem Herrn des Heiligen Geistes und dem Verwalter des Alphabets gleichen Sinnes weiß, strahlte nicht wenig auch auf sie ab. Da sah der Herr Hochwürden darüber hinweg, dass mein Vater, wenn überhaupt konfessionell gebunden, dann eher ein Protestant war, und der Herr Lehrer duldete es, dass der Seiler nicht wie er der christlichen Partei nahestand, sondern den Sozialdemokraten und damit logischerweise, so sah man das, den Kommunisten, und dass er gegen die Prügelstrafe war, die für ihn zu den höchsten Errungenschaften der Pädagogik gehörte, von der er auch, als sie verboten wurde, nicht Abstand zu nehmen bereit war.

Mit dem Hochwürden war mein Vater sogar befreundet. Sie hockten im Pfarrgarten beieinander, tranken den vom Pfarrer selbst gebrannten Schnaps und stritten über Gott und die Welt und wohl auch, das denke ich heute, über die Frauen. Jedenfalls verstanden sie sich gut, denn keiner von beiden hatte dem anderen gegenüber irgendeine Rolle zu vertreten. Und darum durfte ich sogar am katholischen Religionsunterricht teilnehmen und bei der Fronleichnamsprozession gleich hinter dem Hochwürden das Kreuz tragen.

Den Lehrer mochte mein Vater eigentlich nicht. Er fühlte sich ihm überlegen und machte sich zum Kummer meiner Mutter gerne über ihn lustig. Nicht, dass meiner Mutter

der Lehrer Geißreiter etwas bedeutet hätte, sie wollte einfach, dass mein Respekt gegenüber dem Lehrer nicht verlorenging. Mein Vater verbot ihm, mich zu schlagen. Manchmal hielt sich der Lehrer daran, manchmal nicht und manchmal erst recht nicht. Auf dem Rücken des Kommunistenkindes seine Wut über die Welt herauszuprügeln, das mochte er sich ab und zu nicht entgehen lassen.
Meine Mutter, die im Dorf immer eine Fremde blieb und im alten Berlin großbürgerlich und konservativ, mit Dienstboten, Boot auf der Havel und Klavierunterricht aufgewachsen war, beklagte es, dass sich mein Vater nicht den hiesigen Begebenheiten anpasste, wie es die anderen Flüchtlinge und Zugezogenen taten, denn sie war der Überzeugung, dass eine konfessionelle und politische Anpassung meines Vaters ihn vor manchem geschäftlichen Bankrott und die Familie vor der ständigen Armut hätte bewahren können. Doch das war Vaters Sache nicht. Wie hätte er auch streitbar sein und bleiben können, wenn er mit dem in unserem Dorf doch meist sehr gemächlich dahinfließenden Strom mitgeschwommen wäre. Wenn die Bauern bei uns, die sich gemeinsam mit ihrem Pfarrer hartnäckig dem allzu eifrigen Zugriff der Nationalsozialisten widersetzt hatten und sogar einen wie den Lechner ertragen konnten, etwas schätzten, dann war es der von ihnen für notwendig erachtete Widerspruch, den jemand stellvertretend für sie erhob, was sie selbst schon von ihrem Temperament her nicht konnten. So gesehen war es Anerkennung und nicht diffamierende Ausgrenzung, wenn sie meinen Vater einen Kommunisten oder einen Heiden nannten. Stets sagten sie, was sie auch von korrupten Politikern mit einem Hauch von Anerkennung sagten: Ein Hund ist er schon, der Seiler.

Seiler, was sagst jetzt du zu der ganzen Hitlerei seinerzeit?, fragten sie ihn. Nun, sagte er, das habe im Prinzip schon seinen Sinn gehabt. Im was? Im Prinzip, also grundsätzlich habe das damals schon seinen Sinn gehabt. Das Wort Prinzip kannten die Bauern nicht. Sie kannten die Primiz, also die erste Messe eines neu geweihten Priesters, aber das war ja was ganz anderes. Mein Vater flocht absichtlich Wörter in seine Ausführungen ein, von denen er wusste, dass sie die Bauern nicht kannten, denn seine Erklärungen waren stets dazu angetan, sein Ansehen bei den Bauern zu unterstreichen. Was der Seiler alles weiß, sagten sie, der kennt sich aus, der ist gescheiter als andere Studierte, der kennt das Leben und die Welt, der kommt gleich nach dem Hochwürden und dem Lehrer, wenn nicht sogar zwischen den beiden, der Seiler.

Also dieser Hitler, so mein Vater, habe in vielen Dingen recht gehabt, habe aber mit den Juden einen Fehler gemacht, denn so schlimm sei der Jude nun wieder nicht gewesen. Im Gegenteil, die Juden, die er versteckt und gerettet habe, seien allesamt anständige Deutsche gewesen, sogar mit Auszeichnungen aus dem Ersten Weltkrieg. Dass mein Vater Juden versteckt haben sollte, das hab ich schon in frühester Jugend nicht geglaubt. Den Bauern war es egal, sie forschten nicht weiter nach, sie kannten keinen Juden und hatten auch noch nie einen gesehen, so wie sie bis vor kurzem auch noch keine Amerikaner und keine Schwarzen gesehen hatten. Ihnen genügte es, aus der von der Kirche stets betonten Tatsache, dass die Juden den Herrn Jesus Christus, unseren Herrn ans Kreuz genagelt haben, ihre Schlüsse auf den Juden zu ziehen.

Aber den Krieg, Seiler, den Krieg, den hätte es doch auch nicht gebraucht! Da schwieg mein Vater vorsorglich, denn der Klage des Kriegerdenkmals mit seinen stummen Zeugen, den in goldener Schrift verewigten Namen von zweiundzwanzig im letzten Krieg gefallenen Bauernsöhnen und dem verlorengegangenen Verstand des Mesmer-Ludwig und dem in Rußland gebliebenen Bein des Lehrers Geißreiter hatte er so wenig entgegenzusetzen wie den aus ihrer Heimat vertriebenen Sudetendeutschen und seiner eigenen Frau, die keinen Tag verstreichen ließ, ohne den durch Bomben erlittenen Verlust des großbürgerlichen Hauses und des damit verbundenen sorglosen Lebens in Berlin zu beklagen. Mein Vater faselte etwas von Kanonenfutter und stellte andererseits fest, dass man den Klauen des Krieges durchaus entgehen konnte, wenn man es so geschickt angestellt hatte wie er, denn wenn es nach den eigentlichen Gesetzen des Krieges zugegangen wäre, hätte er schon längst tot sein müssen. Er habe sich einfach immer gesagt: Ich will leben. Die Bauern waren davon überzeugt, dass sich das ihre Söhne, als sie in den Krieg zogen, auch gesagt hatten. Wer wollte schon sterben?

20

Wenn ein Gewitter kommt, wenn es blitzt und donnert, dann sagt die Lammermutter: Der Himmelvater schimpft, weil ihr Kinder nicht brav gewesen seid. Dann kriegen die Kinder Angst und hängen sich an die Rockzipfel der Mütter oder verkriechen sich im Herrgottswinkel der Stube und beten und flehen den zürnenden Himmelvater um Gnade an.

Ich habe keine Angst mehr, weil ich weiß, dass es den Himmelvater, den Lieben Gott, den Herrgott gar nicht gibt und er deswegen auch nicht schimpfen kann. Das weiß die Lammermutter nicht. Ich gehe beim Gewitter auf die Pfarrerwiese und lege mich hin, nur in der Badehose. Das ist schön, Regen und Feuerwerk, ein wunderbares Gefühl. Der Regen ist ganz warm. Es ist, wie wenn man bei Onkel Karl und Tante Barbara unter dieser Dusche steht. Das Donnergrollen ist wie das Rollen der Kugeln auf der Kegelbahn beim Hetzenbacher Wirtshaus. Ich liege da, und kein Herrgott schimpft und bestraft mich. Nur die Lammermutter schlägt die Hände über dem Kopf zusammen. Du bist halt ein Heidenkind, sagt sie, was so eines tut, das ist unserem Herrgott wurscht, weil das ja eh nie zu ihm in den Himmel kommt.

Ich will gar nicht in den Himmel kommen. Der Veit sagt, dass es den Himmel und die Hölle und das Fegefeuer gar nicht gibt und dass sich das die Pfarrer ausgedacht haben, damit die Leute Angst davor haben.

Aber Kommunion hätte ich schon gern. Und Firmung auch. Und Ministrant wäre ich gern. So darf ich erst einmal nur den Blasebalg aufpumpen für die Orgel in der Kirche, wenn der Lehrer spielt. Bei den einfachen Melodien scheint ihm das in Russland gebliebene Bein nicht zu fehlen. Und wenn einer gestorben ist und alle sind auf den Feldern, dann dürfen der Benno und ich die Totenglocke läuten. Man läutet fünf Minuten für einen Gestorbenen. Das hören die Bauern auf den Feldern, und sie sagen, aha, jetzt ist er tot, denn sie wissen, wer gerade im Sterben liegt. Dann bekreuzigen sie sich und arbeiten weiter. Wenn sie aber die Angehörigen des Verstorbenen sind, dann geht einer heim und holt den Doktor zum Totschreiben.

Bei Männern, die im Krieg waren, läuten wir eine Viertel-

stunde. Warum, weiß ich nicht. Bei deren Beerdigung wird auch dreimal aus einer Kanone geschossen. Das erledigt mein Vater. Da ist er ganz wichtig und hat einen Anzug an.
Wenn der Veit einmal stirbt, denke ich, dann muss der Vater nicht schießen, weil der Veit ja nicht in einem Krieg war. Da wird der Veit froh sein, dass er seine Ruhe hat im Grab.
Mein Vater und der Veit, wenn jetzt einer von denen sterben muss, denke ich, dann möchte ich, dass der Veit lebt.

21

Der Veit war tatsächlich in keinem Krieg.
Über die Gründe dafür gab es verschiedene Geschichten. Er selbst sprach über sein Leben nie. Im Ersten Weltkrieg war er gerade zehn Jahre alt, im zweiten, so erzählte man, habe der Wirt, sein damaliger Arbeitgeber, der Vater des heutigen Wirts, gesagt, mach ihnen halt den Deppen, weil Deppen brauchen sie nicht für den Krieg. Er habe ihnen dann den Deppen gemacht und sei so vom Soldatsein verschont geblieben. Andere sagten, der Veit sei nie offiziell gemeldet gewesen, es habe ihn also gar nicht gegeben, weswegen er nicht eingezogen wurde. Auch das Gerücht, er habe bei der ersten Schießübung als Rekrut auf einen Vorgesetzten geschossen und den knapp verfehlt, und man habe ihn danach nach Hause geschickt, machte die Runde. Wie immer, wenn es um ihn und sein Leben und seine Herkunft und seine Geschichte ging, schwieg der Veit.
Ich weiß nichts und ich sag nichts, und weil ich nichts

weiß, sag ich nichts, und wenn ich was weiß, dann sag ich auch nichts.
Da sie den Wirt und seine beiden Brüder und die beiden Brüder der Wirtin und sogar ihren Vater eingezogen hatten, war die Wirtin froh gewesen, dass neben ihrem altersschwachen Schwiegervater mit dem Veit ein Mann auf dem Anwesen war.
Die Möglichkeit, dass der Veit den Militärs den Deppen gemacht hatte, um vom Kriegsdienst verschont zu bleiben, zweifelte mein Vater genauso an wie die Geschichte mit dem Schuss auf den Vorgesetzten. Er war sogar der Meinung, dass der Veit gar nicht mehr leben würde, wäre an den Behauptungen irgendetwas wahr gewesen. Einen, der für den Krieg zu dumm war, hat man schon allein aus Abschreckungsgründen liquidiert, sagte mein Vater, und er erzählte von denen, die sich blind stellen wollten, um dem Militär zu entkommen. Man befahl dem angeblich Blinden, in eine bestimmte Richtung zu gehen. Wenn er sehen konnte, blieb er vor einem riesigen Abgrund stehen und war somit Soldat. War er blind, stürzte er ab und war tot, und es war nicht schade um ihn, weil man ihn ja eh nicht brauchen konnte für den Krieg. Da lachte mein Vater, denn er lachte oft selbst über Geschichten, die er erzählte.
Er, der Huber-Jakob, unser Viehhändler und der Hochzeitslader, der Stoff-Franz, die drei Männer mit dem größten Mundwerk und der verschrobensten Phantasie, kamen also zu der Erkenntnis, dass es den Veit offiziell gar nicht gab. Mein Vater aus Veranlagung, die anderen beiden aus Berufsgründen des Redens und Geschichtenerfindens mächtig, fanden, wie meine Mutter immer sagte, auf jeden Topf einen Deckel, was so viel hieß wie: Es gab nichts, was sie nicht nach einer gewissen Zeit erklären und

glaubwürdig erzählen konnten. So auch die Herkunft des Veit.
Sie logen und verbogen, schnüffelten und bezichtigten, stellten Behauptungen auf und sagten das Gegenteil, schworen und verdächtigten, wühlten in allen Halbwahrheiten und kannten immer noch einen, der einen kannte, der irgendetwas zu wissen behauptete und bereit war, beim Tode seiner Schwiegermutter das Behauptete zu bezeugen. Sie waren die Herren aller Wirtshausgespräche der Gegend. Angesehen, geachtet und belächelt oder verachtet gleichermaßen, verkauften sie Brautleute, Vieh und Geschichten, waren Alleinunterhalter, Seiltänzer des Wortes, Artisten und Jongleure der Wahrheit, berüchtigt über die Zwiebeltürme der Dörfer hinaus, bis in die Kleinstadt hinein.
Es war so sicher wie das Amen in der Kirche, dass sie der Herkunft des Veit auf der Spur waren.

22

Stellt euch vor, beim Krimmer haben Hausierer ein Fahrrad gestohlen, sagt mein Vater und macht sich noch ein Bier auf. Es kommt so weit, dass man hier in Hausen sein Fahrrad absperren muss. In Hetzenbach, im Sägewerk, hat sich ein Arbeiter aus Egelsbach die Hand abgeschnitten, die ganze Hand, so, ratsch ab. Er zeigt das mit dem Messer über seinem Arm. Oh Gott, sagt meine Mutter und trinkt ihren Tee. Der Mann war betrunken, muss also die Schuld bei sich selbst suchen.
Ich glaube, sagt mein Vater, der Meiningervater macht es nicht mehr lange, also der Doktor sagt, es kann sich nur

noch um ein paar Monate handeln. Naja, der Krebs, Teufelszeug. Er schmiert sich Marmelade auf das Wurstbrot, eine Eigenart meines Vaters, die meine Mutter und ich nicht gut ertragen können, zumal er nicht müde wird, darauf hinzuweisen, dass es in Schweden üblich ist, solche Zusammenstellungen auf dem Brot zu essen, dass man dort sogar Heringe auf ein Honigbrot legt und dass ja schließlich im Magen ohnehin alles zusammenkommt, weswegen er gar nicht einsieht, warum er die Dinge getrennt, auf den Tag verteilt, zu sich nehmen soll. Immer, wenn er uns bewusst den Appetit verderben will, erzählt er ausführlich, dass man in Holland die Heringe lebend zu sich nimmt, was aber noch gar nichts ist im Vergleich zu den Wilden in Afrika, wie er sagt, die Kröten und Schlangen und Raupen und jede Art Würmer grundsätzlich lebend essen.

Lass es doch, Herbert, sagt meine Mutter angewidert, und mir ist der Appetit vergangen bei diesem Abendessen, das der Vater mit Geschichten aus aller Welt und mit neuesten Nachrichten würzt.

Er holt sich noch ein Bier, trinkt, wischt sich mit dem Ärmel über den Mund, schaut uns an und hat so ein kleines triumphierendes Lächeln des Besserwissenden im Gesicht. Er lehnt sich weit zurück, schaut wie gelangweilt über uns hinweg und sagt:

Übrigens, es gibt wieder Krieg.

Er sagt es so nebenbei, wie er gesagt hat, dass beim Krimmer ein Hausierer ein Fahrrad gestohlen hat.

Schweigen.

Ich sehe das angstvolle Gesicht meiner Mutter, die meinen Vater anstarrt.

Was redest du da?

Wie ich es sage, es gibt wieder Krieg. Das liegt ganz klar

auf der Hand. Der Russe ist schon in Ungarn einmarschiert, da wird er vor Deutschland nicht haltmachen. Das ist so sicher wie das Amen in der Kirche. Erst ist Österreich dran, dann wir. Dann gnade uns Gott. Man weiß ja, wie der Russe ist. Aber ehe es so weit kommt, nehmen wir das nächste Flugzeug nach Amerika.
Und das Haus?, fragt meine Mutter.
Wird verkauft.
Wer soll denn das Haus kaufen, wenn der Russe kommt?
Ein Russe.
Banges Schweigen legt sich über den Abendbrottisch. Mein Vater steht auf und geht in die Wirtschaft. Er lässt uns mit der Nachricht allein. Meine Mutter weint.
Das Fahrrad vom Krimmer ist nicht von einem Hausierer gestohlen worden. Der alte Krimmer hat es im Suff in den Straßengraben gefahren und dort zwischen den Brennnesseln liegenlassen.

23

Der Russe, rief er in die Bauerntischrunde hinein, schließlich kenne er den Russen, ihm müsse über den Russen keiner was erzählen, der Russe vergewaltige erst einmal alle Mädchen und Frauen, dann schlachte er die Kinder ab, bringe die Männer in Arbeitslager nach Sibirien und mache sich hier ein schönes Leben. Beim Russen müsse man mit allem rechnen, der Russe habe sogar seinen eigenen Kaiser umgebracht, so sei der Russe, er könne nur davor warnen, das mit Ungarn jetzt nicht ernst zu nehmen. Da droht Krieg, sagte er und blickte in die Runde.

Das glaubten die Bauern dem Seiler nun einmal nicht. Denn wenn der Russe hierher nach Bayern hätte kommen wollen, dann wäre er doch schon im Krieg gekommen. Außerdem war es den Bauern im Prinzip egal, ob der Amerikaner hier war oder der Russe, sie mochten den einen so wenig wie den anderen, und wie der Russe wirklich ist, wussten sie ja gar nicht, denn sie kannten keinen Russen, und der Seiler redete viel Zeug daher. Hätte man das alles geglaubt, es wäre für jeden von ihnen ein unruhiges Leben gewesen, ein Leben voller Ängste und Zweifel. Da hätte man womöglich einen unruhigen Schlaf gehabt. So weit wollte man es dann doch nicht kommen lassen. Also ließ man den Seiler reden.

24

Der Lehrer Geißreiter, der ja immerhin schon mal in Russland war, sagt auch, dass der Russe kommt und dass wir dann alle Russisch lernen müssen. Er persönlich hält diese Sprache für eine hässliche Sprache, aber es kommt wohl, wie es kommt.
Ich habe Angst, aber der Veit beruhigt mich.
Du wirst doch nicht glauben, was der Lehrer sagt. Der Russe ist der Russe, sagt er, wie der Bayer der Bayer ist. Und wie der Bayer in Bayern bleibt, so bleibt der Russe in Russland, weil er auch froh ist, wenn er daheim ist bei seiner Frau und seinen Kindern und seine Ruhe hat. Was soll er denn hier, wo er gar kein Bairisch nicht kann?
Nach ein paar Wochen ist der Russe immer noch nicht da. Der Veit hat recht behalten. Ich hätte ja trotz meiner

Angst eigentlich gerne einmal einen Russen gesehen. Aber da kann man wieder einmal sehen, was mein Vater und der Lehrer für ein Zeug erzählen. Glauben kann man nur dem Veit.

25

Vater, wie kommt einer auf Amerika?, fragte ich.
Das heißt nach Amerika. Wie kommt jemand nach Amerika? Ja, wie?
Da gebe es zwei Möglichkeiten, wobei die eine, das Flugzeug, der anderen, dem Schiff, vorzuziehen sei. Mit dem Flugzeug gehe es schneller, und wenn es abstürze, dann sei man sofort tot und bekomme das Sterben gar nicht mit. Mit dem Schiff dauere es wochenlang, und wenn es untergehe und man schwimmen könne, werde man entweder von Haien gefressen, was seiner Meinung nach der grässlichste Tod überhaupt sei, oder man sterbe nach tagelangem Schwimmen an Erschöpfung, weswegen es für jeden, der mit dem Schiff fahre, das Beste sei, wenn er nicht schwimmen könne, denn dann ginge es sehr schnell mit dem Sterben, man ertrinke quasi sofort. Er rate also nur Nichtschwimmern, das Schiff zu wählen.
Ich selbst, sagte er, bin mit dem Schiff nach Amerika gefahren, seinerzeit.
Wann war seinerzeit?
Vor dem Krieg.
Aber du kannst doch schwimmen.
Damals habe ich es noch nicht gekonnt.
Damit beendete mein Vater das Gespräch. Er habe jetzt

wahrlich Wichtigeres zu tun, als dumme Fragen zu beantworten. Als ich später aufs Gymnasium kam, lernte und erfuhr ich vor allem durch einen jungen Geschichtslehrer Dinge, die ich bisher nicht kannte, die mir aber halfen, meinen Vater zu durchschauen, ihm Fragen zu stellen, auf die seine Antworten, die er sich im Laufe des Lebens zurechtgelegt hatte, nicht mehr passten.

Irgendwann hörte mein Vater ganz auf, mir Fragen zu beantworten.

Vater, warst du ein Nazi?

Ich hörte auf, Fragen zu stellen.

26

Ein Auto fährt in den Lammerhof, ein Auto, das man Amischlitten nennt. Ein Mann steigt aus und geht ins Haus. Wir schleichen um das Auto herum. Ab und zu, wenn der Benno und ich zur nahen Autobahn hinaufgehen und uns die vorbeifahrenden Fahrzeuge ansehen, ist so ein Auto dabei. So was, sagt die Lammermutter, brauchen nur feine Leute aus der Stadt, und der Herbert, der die Schwester vom Lammervater geheiratet hat, gehört jetzt zu denen.

Während sich mein Vater mit seinem Namensvetter über Politik unterhält, verlässt der Lammervater das Haus, und die Lammermutter packt Eier, Butter, Geselchtes, ein gerupftes Huhn und Kartoffeln ein. Das nimmt der Mann an sich und geht. Selten bleibt er länger als eine halbe Stunde. Einmal hat er seine Frau und seine Tochter dabei. Die bleiben im Auto sitzen, während er seinen Besuch abstattet.

Ich verstehe das nicht, wo doch die Frau eine Schwester vom Lammervater ist. Der Sepp schimpft jedes Mal, wenn der Mann wieder weg ist. Der kommt, sagt er, nur noch zum Schnorren. Der ist undankbar und hat wohl vergessen, was man hier für ihn getan hat, jetzt, wo er in der Stadt wieder jemand ist. Ich kann mir das erst einmal gar nicht zusammenreimen. Mit der Zeit erfahre ich, daß man den Mann in der Nazizeit auf dem Lammerhof in der Scheune versteckt hat, weil er einen jüdischen Vater hatte. Das, so sagt mein Vater einmal, war für die Lammers lebensgefährlich. Die Lammermutter erzählt, wie man den einzigen Hitlerischen, den Lechner, der das natürlich mitbekam, mit allerlei Zuwendungen stillgehalten hat.
Nach einigen Jahren hören die Besuche auf. Gut so, sagt der Sepp, sonst hau ich ihm einmal sein Luxusauto kaputt. Die Lammermutter sagt, vielleicht ist er so, wie er ist, der Herbert, weil er halt ein Jud ist.
In Hausen hört man nichts mehr von dem Mann. Später sieht man ihn im Fernsehen, wo er fast dreißig Jahre lang eine Ratesendung hat.

27

Vom Sterben redeten sie oft und gerne beim Bier, und davon, dass es doch ein großes Glück ist, wenn einer als Leiche nicht im russischen Eis liege oder irgendwo in einem Fluss in Frankreich oder auf einem Soldatenfriedhof mit Tausenden von Kreuzen, sondern daheim im Grab, wo er hingehöre, wo die Verwandten liegen und man daheim sei. Wenn schon tot, dann daheim.

Ihm sei ums Sterben und den Tod nicht angst, sagte der alte Holzer, weil er weiß, wo er hinkommt als Toter. Er habe sein Grab. Das hätten die Schlesier und die Sudeterer auch gerne gehabt. Aber denen hatte der Russe ihre Heimat genommen, ihre Häuser und Felder, und ihre Gräber sowieso. In die, sagte der Kreitmeier, legt sich jetzt der gestorbene Russe hinein oder der Pollack oder sonst wer. Noch war ja von den Zugewanderten nur der Feirer gestorben, da hatten sie für den ein neues Grab aufgemacht. Wenn sie aber einmal alle sterben, die Zugelaufenen aus dem Unterdorf, sagte der Wirt, dann wird man den Friedhof erweitern, dann wird der Lammer ein Stück von seinem Hausacker hergeben müssen. Für einen Sudeterer sein Grab gebe er nichts her, sagte der Lammervater, wo käme er da hin? Sollen sie doch einen Friedhof im Unterdorf bauen, einen Extrafriedhof für die Zugelaufenen, wo die dann vis-à-vis von ihren Häusern ihr Grab haben. Da müsse man doch keinen toten Sudeterer bis ins Oberdorf hinauftragen, wenn man ihn im Unterdorf eingraben könne. Der Krimmer-Sebastian war auch für einen Sudeterer- und Schlesierfriedhof im Unterdorf. Da sind sie unter sich und aus. Mein Vater sagte, dass man doch einfach einmal rechnen solle, denn die hergezogenen Flüchtlinge seien doch nicht mehr, als Gefallene auf der Kriegertafel dort über dem Tisch draufstünden, die ja faktisch jeder einen Grabplatz hergeben würden durch die Tatsache, dass sie in Russland oder anderswo ihre letzte Ruhe gefunden hätten. Ob er im Ernst meine, dass ihm ein Schlesier oder ein Sudeterer in sein Grab komme, fragte der alte Kranz. Der Messmer-Ludwig träumte bei all der Diskutiererei schon wieder vom Meer und hörte es rauschen. Darauf hätte er auch im Tod nicht verzichten wollen, darum träumte er

von einer Seebestattung, gleich hinter seinem Haus. Aber er beschloss, den anderen nichts zu sagen, sie würden ihn ja doch nur wieder auslachen.
Deine Rechnung, Seiler, ist ein Schmarrn, sagte der Wirt, weil sich ja die Zugelaufenen auch vermehren. Das muss man ihnen halt verbieten, sagte der Kreitmeier-Jakob, ein Kerl, der für den Krieg zu jung gewesen war. Gelächter kam auf. Wie immer gab sich mein Vater mit dem bisher Durchdachten nicht zufrieden. Auch der Vorschlag eines Massengrabes für die Zugelaufenen, zu denen er sich, als sei er etwas Besonderes und ihm das ewige Leben zugedacht, seltsamerweise nie zählte, fand nicht seine Zustimmung. Mit zunehmender Trunkenheit erfand er die Senkrechtbestattung, die auf dem Friedhof platzsparend angewandt werden könnte. Ein Loch in die Erde und die Leiche hineingestellt, fertig. Obwohl sich die Bauern mit der Idee nicht anfreunden mochten, denn wenn sie schon tot seien, dann wollten sie doch gemütlich liegen und nicht stehen, dachte mein Vater begeistert daran, die Senkrechtbestattung als Patent anzumelden. Auch die mehrfach vorgetragene Tatsache, dass am Friedhof der Grundwasserspiegel bereits bei knapp zwei Metern liege und der Tote dann mit den Füßen im Wasser stehe, bremste meinen Vater nicht. Wer ihn kannte, der ahnte, dass diese seine neueste aller nutzlosen Erfindungen sich nicht in den zu vielen Bieren dieses Abends in Wohlgefallen auflösen würde. Nein. Er rechnete, verhandelte, überschlug, war Erfinder, Unternehmer für ein paar Tage, stellte kühne Prognosen einer rosigen Zukunft für die ganze Familie auf und scheiterte schließlich wieder einmal an den Menschen in unserem Dorf, die sagten: Geh zu, Seiler, das brauchts doch nicht.

28

Einmal zieht sich der Veit mit einer Schnur im Schuppen vom Wirt einen von den drei Zähnen, die ihm noch geblieben sind. Da braucht er keinen Zahndoktor, sagt er, wie er ja auch sonst noch nie keinen Doktor gebraucht hat. Der Zahn muss raus, weil er ihm seit Tagen sakrisch weh tut, der Hundshund, der verreckte! Und ein wenig wackeln tut er ja eh schon, der Saukerl! Er schimpft sich in eine richtige Wut über den Zahn hinein. Dann reißt er das Maul auf, bindet eine Schnur fest um den braunen langen Stumpf und zieht daran mit aller Kraft. Hauruck! Einmal, zweimal, ein drittes Mal, noch fester zieht er. Da ist er! Ein blutiger Stummel hängt an der Schnur. Der Veit lacht, und das Blut rinnt ihm aus dem Maul. Er holt eine kleine flache Flasche Schnaps aus der Joppe, trinkt, gurgelt spuckt aus und trinkt wieder. Mir wird es übel, ich kann ihn nicht mehr anschauen.
Ja, Bub, so geht das, da braucht es keinen studierten Zahnspengler nicht.
Dann geht der Veit zum Schlachthaus hinüber, seiner Arbeit nach. Als er am Misthaufen vorbeikommt, schmeißt er den Zahn hin und spuckt das schnapsvermischte Blut in hohem Bogen in die Jauche.
Jetzt hat er nur noch zwei Zähne.

29

Auch der Veit wollte auf keinen Fall im Stehen tot sein. Denn man sagt doch, ich lege mich zum Sterben hin, und nicht, ich stelle mich zum Sterben hin. Und man sagt auch, so der Veit, da liegt der und der begraben, und nicht, da steht der und der begraben. Der Veit hatte kein Grab und beklagte das, denn wenn er schon tot sei, dann wolle er wenigstens wissen, wo er liege. Und wenn man nicht sterben könne, nur weil man kein Grab hat, sei das auch kein Zustand. Trotz der nur stumm zur Schau getragenen und vom Veit durchaus wahrgenommenen Missbilligung der Wirtin stellte der Wirt dem Veit in Aussicht, dass er ja problemlos in seinem Familiengrab Platz habe, da ja der Ludwig und der Georg ihren Platz wegen ihres Sterbens in Russland nicht beansprucht hätten, was ja der Seiler richtig bemerkt habe.

Auf eine Schrift mit seinem Namen auf dem Grabstein, sagte der Veit, wollte er gerne verzichten, dass sich später einmal wer an ihn erinnere, darum gehe es nicht, es gehe ja lediglich nur darum, dass man selber wisse, wo man dann hinkomme, wenn man tot ist, in was für ein Grab.

Jetzt stirb halt erst einmal, sagte der Kranz-Schorsch, und dann red von einem Grab.

Vom Verbrennen der Leichen, was mein Vater nicht ohne den Hintergedanken vorschlug, eventuell damit ein Geschäft zu machen, hielten die Bauern nichts. Wir sind doch keine Juden, sagte der Dachser-Xaver. So zerschlug sich die Hoffnung meines Vaters, durch den Betrieb eines Krematoriums und den Verkauf von Urnen zu Wohlstand zu kommen, wieder einmal an der Engstirnigkeit der katholischen Menschen.

Die Juden, meinte der Stoff-Franz, das wollte er nun doch klarstellen, hätten sich ja nicht freiwillig verbrennen lassen. Da stimmte man ihm zu. In Straubing, sagte er, wo man ein eigenes Konzentrationslager gehabt habe, wurden

die Juden und Staatsfeinde bis zum Hals eingegraben. Da musste man sie nicht einsperren, und sie konnten nicht davonlaufen. Er sei sich nicht sicher, aber er glaube, da sei das Verbrennen die menschlichere Form der Bestrafung – das Vergasen sowieso. Darüber konnte mangels Erfahrungswerten keine Einigung erzielt werden. Was blieb, war, dass mein Vater weiterhin, wie seit einem halben Jahr schon, das Hühnerfutter eines städtischen Hühnerfutterherstellers an die Bauern verkaufen musste, was insofern ein hart verdientes Brot war, als die Bauern in der Mehrheit sagten: Das hat es doch bisher auch nicht gebraucht.
Der Messmer-Ludwig sagte, nachdem er sein letztes Bier getrunken hatte, dass für ihn nur eine Seebestattung im Meer gleich hinter seinem Haus in Frage komme.
Sie lachten ihn aus und versuchten ihm vergeblich klarzumachen, dass doch hinter seinem Haus nur die Jauchegrube ist, was sie in nüchternem Zustand niemals getan hätten.
Da lächelte er, wusste er es doch besser.

30

Meine Sprache ist keine Seilervatersprache und keine Seilermuttersprache, sondern eine Lammermuttersprache. Und in der Sprache, die also nicht die Sprache meiner Eltern ist, sagt man auf Amerika. Einer geht auf Amerika. Der Bauer Sixt aus Kleineisenbach ist mit seiner Familie auf Amerika gegangen. Man hat, heißt es, von ihm nie mehr was gehört.
Auch wenn man von Hausen nach Oberhausen hinauf-

geht, sagt man, man geht auf Oberhausen. Das sagt man aber nicht, weil man nach Oberhausen den Berg hinaufgehen muss, sondern weil man halt sagt, dass man auf Oberhausen geht. Wenn man ins Moos hinunter nach Niederhausen geht, sagt man auch, dass man auf Niederhausen geht.
Und die Pilger gehen auf Rom hinunter, weil Rom auf der Landkarte unten ist, und wer zum Oktoberfest geht, geht auf München hinein, und nach Regensburg geht man auf Regensburg hinauf, und wer nach Amerika hinüber geht, der geht auf Amerika. So sagt man das halt bei uns. Und man sagt geht, auch wenn man fährt oder fliegt oder mit dem Schiff hinkommt.
Meine Sprache ist eine Lammermuttersprache.
Mein Vater, obwohl er sich darum bemüht, und meine Mutter, die solche Bemühung grundsätzlich ablehnt, lernen meine Muttersprache nie.

31

Der Stoff-Franz war Bauer und Hochzeitslader, Musiker und Alleinunterhalter. Er war wie mein Vater und der Huber-Jakob, der Viehhändler, ein Meister im Reden. Als Hochzeitslader musste er von Hof zu Hof gehen und im Namen des Brautpaares zur Hochzeitsfeier einladen. Am Abend der Hochzeit hatte er dann seinen Auftritt. Er sprach und sang in Reimen, wobei er sich meistens über das Hochzeitspaar und die Gäste in Versen und Liedern lustig machte.

Der Thalhammer-Simon, ihr kennt ihn gut,
der ist ein rechter Tunichtgut
und auch ein ganz ein verreckter Hund
Franz, hat er gesagt, tu meine Hochzeit kund.
Da hab ich dann erst mal recht dumm geschaut
und gefragt, ja welche von den fünfen ist denn
die Braut?

Der Franz spielte wunderbar Trompete. Das hatte er bei einem Lehrer in der Stadt gelernt. Es hieß, dass der Trompetenlehrer gesagt hat, der Franz sollte mit seinem Talent Berufsmusiker werden und in der Stadt bei einem großen Orchester spielen. Ich hab ja schon zwei Berufe, hat der Franz gesagt, noch einen brauch ich nicht.

Meine Mutter mochte den Franz. Als sie ein Klavier hatte, kam der Franz manchmal mit seiner Trompete, und sie machten Musik. Das war dann eine ganz andere Musik als die, die der Franz bei einer Hochzeit machte. Es ist ein Jammer, sagte meine Mutter manchmal, dass so ein begabter Mensch, der in den Konzertsälen der Welt spielen könnte, Bauer und Hochzeitslader ist. Von beidem hielt meine Mutter nichts. Es ist schade, sagte sie, dass so ein Talent vor die Hunde geht, unentdeckt bleibt, der Welt verlorengeht.

So gut er mit der Trompete umgehen konnte, so begabt war der Franz auch mit dem Mundwerk. Wenn er nach der Hausmusik mit meinem Vater im Garten saß, dann erzählte er Geschichten von allen möglichen Leuten, von heiratswilligen Junggesellen und sich zierenden Jungfrauen, von Mitgift und bösen Schwiegermüttern, von herrschsüchtigen Vätern und unterdrückten Söhnen, von Kuckuckskindern und menschlichen Katastrophen schlechthin, von manchem, das sich meiner Aufmerksamkeit entzog, weil es intimer, sozusagen geflüstert weitergegeben wurde. Oder weil ich es nicht verstand. Was wahr und was erfunden war, das wusste niemand.

32

Einmal erzählt der Franz von einem Bauern aus dem Niederbayerischen.
Der Bauer Sollner aus Bercha in Niederbayern hat eine Frau, zwei kleine Söhne und hundertfünfzig Rindviecher. Und weil er durch die Heirat noch einige Felder und Wiesen dazubekommen hat, will er den Bestand auf dreihundert Stück erweitern. Ein Landwirtschaftsberater vom Bauernverband organisiert für die Bauern, die sich auf die Rinderzucht spezialisieren wollen, eine Reise auf Amerika. Da gibt es die Stadt Chicago, die bekannt ist für die vielen Verbrechen, die dort passieren, und für die größten Rinderfarmen der Welt mit Tausenden von Rindern. Die Bauern, so der Landwirtschaftsberater, können sich da informieren und von den dortigen Bauern, die Farmer heißen, lernen. Der Bauer Sollner fliegt also auf Amerika, genauer gesagt, auf Chicago. Dem Knecht sagt er vor der Abreise, er soll alles gut zusammenhalten, auf den Hof und das Vieh und die Bäuerin schauen und auf die Buben. Außerdem gibt er ihm eine Telefonnummer von einem Hotel in Chicago, wo ihn der Knecht von der Post aus anrufen kann, aber nur, wenn wirklich was Außergewöhnliches passiert, also nicht wegen jedem Dreck, weil das Telefonieren auf Amerika einen Haufen Geld kostet und die Reise

eh schon teuer genug ist. Als der Bauer fünf Tage weg ist, ruft ihn der Knecht an, zu einer Zeit, wenn es in Amerika mitten in der Nacht ist.

Ja, um Gottes willen, was rufst du denn an, um die Zeit, ja, was ist denn passiert?!

Bauer, mir ist der Schaufelstiel abgebrochen, sagt der Knecht.

Was, der Schaufelstiel ist dir abgebrochen, ja spinnst du denn ganz, wegen so was rufst du mich bis auf Amerika an!

Jamei.

Aber wenn du schon dran bist, warum ist dir denn der Schaufelstiel abgebrochen?

Wie ich den Hund eingegraben hab, ist mir der Schaufelstiel abgebrochen.

Ja, warum hast du denn den Hund eingegraben, was war denn mit dem Hund?

Wie die Feuerwehr in den Hof reingefahren ist, hat sie den Hund über den Haufen gefahren.

Ja, warum um Gottes willen ist denn die Feuerwehr in den Hof hineingefahren?

Weil's halt gebrannt hat.

Was, gebrannt hat's?!

Ja. Drum ist die Feuerwehr gekommen und hat den Hund zusammengefahren, und wie ich ihn heute eingegraben hab, ist mir der Schaufelstiel abgebrochen.

Ja, Sakrament noch mal, was hat denn gebrannt?

Die Scheune.

Die Scheune? Ja, ist sie abgebrannt?

Ja. Ganz. Und der Stall auch.

Der Stall auch?

Ja. Auch ganz. Und das Viech auch.

Um Himmels willen, das ganze Viech?
Ja.
Und das Haus?
Das ist auch abgebrannt.
Das ganze Haus?
Ja. Die Feuerwehr hat den Hund ganz umsonst zusammengefahren, weil ausrichten hat sie eh nichts mehr können.
Ja, und jetzt sag, was ist mit der Bäuerin und den Buben?
Die graben wir morgen ein.
Ich verstehe überhaupt nicht, warum sich der Stoff-Franz und mein Vater über die Geschichte halb totlachen können, wo das doch eine ganz furchtbar traurige Geschichte ist.

33

Meine erste Droge hieß Holzleim. Ehe ich überhaupt in die Schule kam, saß ich in der Holzer'schen Schreinerei auf der Hobelbank. Der alte Holzer zeigte mir, wie man mit einem Handkurbelbohrer Astlöcher ausbohrt und kleine Holzrädchen der Maserung entsprechend einleimt, die dann später flach geschliffen werden.
Bald durfte ich die Bretter auch schleifen. Ich lernte den Umgang mit Holz, Werkzeugen und Maschinen, lernte junges und altes, gut abgelagertes, Laub- und Nadelholz unterscheiden, Sägen schleifen, Hobelklingen und Stemmeisen abziehen, lernte Abrichten, Hobeln und Fräsen mit den Maschinen, Schleifen und Hobeln mit der Hand. Ich lernte die Schritte, die das Holz vom Baumstamm bis zur Latte, zur Leiste oder zum Brett macht. Ich lernte mit dem

Meterstab und mit der Wasserwaage umgehen und Aufrisse machen. Ich wurde auf den Bau mitgenommen, durfte helfen, war ein kleines Rädchen im Getriebe einer Baustelle. In den Ferien verdiente ich mir hier mein Geld, auch später, als ich schon aufs Gymnasium ging. Wir bauten Fenster und Türen, Möbel und ab und zu auch einen Sarg. Den Holzers gefiel meine Neugier, und Martin, der Sohn des alten Holzer, der etwa so alt wie mein Vater war, sagte oft: Bub, schmeiß die Schule hin, das führt doch zu nichts, mach bei uns eine Lehre. Der Veit sagte das auch.

Der alte Holzer, der auch Martin hieß, nickte bedenklich und meinte, das würde meinen Eltern wohl nicht gefallen, meiner Mutter schon gar nicht. Damit hatte er recht.

Nachdem ich ein Jahr auf das Gymnasium ging, lustlos schon auch wegen der lästigen Fahrerei mit Rad und Bahn, wurde ich in der Schule schlecht und drohte nicht versetzt zu werden, denn meine Gedanken waren bei Tanne, Fichte, Buche, Esche, Rüster, bei Hobeln und Falzhobeln, bei Fenster- und Türbeschlägen, bei Holzleim und Holzkitt, bei Martin-Senior und Martin-Junior und bei Dingen, die ich mir einmal bauen würde – nicht aber bei Latein, Algebra, Englisch und Geschichte.

Wenn du sitzenbleibst, dann bist du zu dumm für die Schule. Dafür legen wir uns nicht krumm. Wenn du es nicht schaffst, dann wirst du eben Schreiner, sagte mein Vater. Meine Mutter ahnte, dass das, was mein Vater als finsterste Strafmaßnahme und Drohung ansah, bei mir jegliche pädagogische Wirkung verfehlte. Im Gegenteil. Ich war selig und sah meine Zukunft rosiger vor Augen als angesichts von Latein und dergleichen, und ich beschloss, es darauf anzulegen, sitzenzubleiben. Doch diese Rechnung hatte ich ohne meine Mutter gemacht. Sie durchschaute mich und stellte sofort einen festen Stundenplan auf. Sie legte fest, wann ich Schularbeiten zu machen hatte und wann ich in die Schreinerei durfte, sie fragte Lateinvokabeln ab und saß nächtelang da, um sich selbst auf den Stand in Englisch zu bringen, den wir in der Schule erreicht hatten. Sie gab sich alle Mühe, denn eines hatte sie, die im Wohlstand aufgewachsen war, damals, vor dem Krieg in Berlin, und die jetzt den Wohlstand vor unserer Haustüre immer nur vorbeigehen sah, eines hatte sie sich in den Kopf gesetzt: Der Sohn lernt was Solides, der soll es einmal besser haben. Und sie hatte eine ganz klare Orientierung, denn der Einzige in unserer Familie, der in ihren Augen etwas darstellte, war der Mann ihrer zweiten Schwester Barbara, Karl, ein Rechtsanwalt. Denen ging es besser als uns, die wir nicht einmal ein Auto hatten. Die hatten zwei Autos und am Rande von München in einer gehobenen Wohngegend, wie meine Mutter das nannte, einen Bungalow mit Zentralheizung, Keller, zwei Garagen und Hobbyraum. Sogar die Garagen hatten eine Heizung. Der große Garten wurde von einer Gartenbaufirma gepflegt. Tante Barbara lag viel in einer Hollywoodschaukel und las dicke Romane, während im Gartenteich ein Springbrunnen plätscherte, und sie konnte es sich sogar leisten, Karl, als der eine junge Geliebte hatte, zu verlassen, vielmehr ihn hinauszuwerfen, ohne sich in ihrer Lebensweise einschränken zu müssen. Hätte meine Mutter uns verlassen wollen, sie hätte gar nicht gewusst, wovon sie hätte leben sollen, wo sie überhaupt hätte hingehen können. Das ist gut so, dachte ich, denn dann verlässt sie uns nicht, auch wenn mein Vater sie schlecht behandelt und sie immer von Berlin träumt, von wo im Sommer immer rotzfreche Kinder kamen, um auf dem Dorf Ferien zu machen. Mit denen wollten wir nichts zu tun haben, wir bespritzten sie mit Jauche oder verprügelten sie. Sie redeten, dass man sie kaum verstand, so schnell und so laut, und ich verstand überhaupt nicht, was meine Mutter bei solchen Menschen in Berlin wollte. Vielleicht wollte sie wieder zu ihrer Mutter, der Berliner Oma, die nicht wie ihre Töchter nach der Flucht in Bayern geblieben, sondern nach Berlin zurückgegangen war, bei der ich jedes zweite Jahr drei furchtbare Wochen Ferien machen musste. Und einmal im Jahr besuchte sie uns. Leider.

Manchmal, solange Tante Barbara und Onkel Karl noch zusammen waren, holten sie mit ihrem Auto meine Eltern und mich ab, um mit uns in einem Restaurant in München essen zu gehen.

Dann fuhren wir auf der Autobahn nach München. Der Wagen vom Onkel Karl fuhr schnell. Ein BMW V8, wie Tante Barbara stolz sagte. Sie saß vorne und roch stark nach Parfüm. Ich saß hinten, eingezwängt zwischen meinen Eltern. Über achtzig Stundenkilometer fuhr der Wagen jetzt. Ängstlich schaute ich auf das Armaturenbrett und auf die Nadel des Tachometers und dann zum Fenster hinaus. Das Moor, das man Moos nennt, Dachauer Moos, Erdinger Moos, die Bäume und Büsche, die Torfstecher, die Kühe auf den Wiesen und die kleinen Torfhütten flogen vorbei. Hinter dem Baggersee fuhr der Wagen an einer Amikolonne aus Jeeps und Panzern vorbei. Wir waren schneller als die und überholten sie alle. Ich hatte ziemlich Angst, denn es war das erste Mal, dass ich in einem Auto mitfuhr. Die Nahtstellen der Betonplatten, aus denen die Autobahn bestand, schlugen einen Rhythmus, der nicht gerade dazu angetan war, mir meine Angst zu nehmen. Tack-tack, tack-tack.

Die Autobahn führt in einem Kilometer Entfernung an Hausen vorbei. Diese Autobahn, das Teufelszeug, das die Bauern nicht gewollt hatten, nicht durch ihre Felder, auf ihren Äckern, vor ihrer Haustür. Fünfzig Jahre vor deren Bau hatten sie sich schon erfolgreich gegen das andere Werk des Teufels, die Eisenbahn, gewehrt. Damals hatten sie Erfolg. Darum mussten wir Kinder, die in der Kreisstadt aufs Gymnasium gingen, bei Wind und Wetter sechs Kilometer durchs Moos zum Bahnhof fahren. Als die Autobahn gebaut wurde, in der Hitlerzeit, hieß es einfach: Der Führer will das so und aus. Drei Jahre lang kamen die Arbeiter von der Autobahn ins Dorf, in die Wirtschaft, auf die Höfe, zum Schlafen in die Scheunen. Junge Leute mit fremden Dialekten und Sprachen wollten sich die Töchter der Bauern erobern und prügelten sich mit den Burschen des Dorfes. Maßkrüge und Fontanellen gingen entzwei, verschwitzte, betrunkene Möchtegerne schlugen beim Dorftanz aufeinander ein, Stühle, Tische und viele Gläser überlebten die Schlachten nicht. Und eines Tages lag ein junger Ingenieur tot im Weizenfeld. Wer ihn erschlagen hatte und wie er in das Feld gekommen war, wussten alle im Dorf, auch der Veit, aber sie sagten es niemandem. Der Fall wurde nie aufgeklärt, die Arbeiter wurden daraufhin kaserniert, und es kehrte die althergebrachte Ruhe ins Dorf ein. Hausen, bestehend aus Oberhausen und Niederhausen, schlief wieder den Schlaf, den es schon seit Jahrzehnten geschlafen hatte. Alles ging wieder seinen Gang.

Von München durchs Moos kommend, den Hügel zur Hallertau hinauf, an den Hopfenfeldern vorbei, kriecht die Autobahn zwischen den Dörfern dahin, strebt nach Berlin. Die Arbeiter wanderten mit der Autobahn weiter. Ge-

blieben war nur der Sattler Martin, ein Arbeiter aus dem Bayerischen Wald, der die Kramerin heiratete, aber im Krieg geblieben ist, in dem Krieg, in den man ihn auf der Autobahn fuhr, die er miterbaut hat. Und es ist das Geräusch der fahrenden Autos geblieben und das Tack-Tack der Nahtstellen zwischen den Betonplatten. Vor allem in der Nacht war es uns immer ein Begleiter in den Schlaf.
Tack-tack machte es, und Onkel Karl war stolz auf sein Auto, das mir und meinen Eltern Angst machte.

34

Schweinebraten, Semmelknödel, Krautsalat bei der Lammermutter in der Küche, im Radio, oben in der Ecke unter dem Kreuz, der Landfunk. Harry Valérien spricht mit einem Hopfenbauern. Blasmusik. Am Kopfende der Lammervater, neben ihm der Sepp, der einzige Sohn, der ihnen geblieben ist, ihm gegenüber die Anna, die Frau vom Anton, der vermisst ist, und ich. Die Lammermutter kommt nicht zum Sichhinsetzen. Iss, Bub, dass du was wirst, bei deiner Mutter oben kriegst du nichts Gescheites, iss! Als wir das erste Mal in der Küche gestanden sind, mein Vater und meine Mutter mit mir auf dem Arm, vom Flüchtlingslager hierher vermittelt, soll ich angesichts des essenden Sepp gesagt haben: Der frisst und wir haben nichts. Das erzählt mir meine Mutter später.
Die Gerüche der Küche, die sich mit denen des Stalles mischen, die Lammermutter immer geschäftig am großen Herd, das Sofa in der Ecke, wo der Lammervater die Kir-

chenzeitung liest, der Waschstein, wo sie sich alle waschen, besonders der Sepp, unbändig umherspritzend am Feierabend, ehe er, tüchtig mit Mouson-Creme eingerieben, mit seiner Horex über die Dörfer fährt, zu den Weibern, wie die Lammermutter sagt, das Buffet, das der alte Holzer gebaut hat, ein paar Heiligenbilder, unter dem Radio das Kreuz, verziert mit ein paar Schießbudenblumen vom Volksfest, das Weihwassergefäß neben der Küchentür, die ein Glasfenster hat, damit man sehen kann, wer kommt, ein paar Postkarten, das Foto vom vermissten Anton und die Todesnachrichten vom Matthias und vom Hans aus dem Feld hinter die Glasscheibe des Buffets gesteckt, die zwei Fenster zur Dorfstraße, wo die Lammermutter beobachten kann, wer wo hingeht, wenn der Bettelpater betteln oder der Viehhändler handeln kommt, wer zu spät in die Frühmesse geht, wann der Windisch, der ein Schlesier ist und im Oberdorf wohnt, mit dem Milchhaferl zum Unterdorf geht, um sich Geißenmilch vom Schwingshandel-Johann, der auch ein Schlesier ist, zu holen, und wie lange er braucht, bis er zurückkommt, woraus die Lammermutter schließen kann, ob er noch in der Wirtschaft war oder nicht, wo sie sehen kann, wenn der Hochwürden mit seinem Auto in die Stadt fährt, zu einem Weib, mit dem er sogar ein Kind hat, wie sie missbilligend feststellt, all das macht mich glücklich, ist mein Zuhause. Hier, wo die Bäuerin und der Bauer sich regelmäßig streiten, wo die Anna bald nicht mehr um ihren Anton weint, weil sie sagt, dass sie eh keine Hoffnung mehr hat, dass er heimkommt, hier lerne ich das Leben, nicht oben in den zwei Zimmern neben dem Getreidespeicher, wo meine Mutter ihr Schicksal beklagt und mein Vater den Allwissenden spielt, wo nicht einmal gestritten wird.

35

Wenn wir mit Onkel und Tante in der Stadt und im Restaurant waren, führte Barbara stets ihre Garderobe vor, die sie nur in besten Geschäften kaufte, wie zum Beispiel beim Loden-Frey in München. Sie redete von Maniküre und Pediküre, von der Putzfrau, die aus dem Bayerischen Wald kommt, und von den japanischen Zierbäumchen, die das Stück ein paar hundert Mark kosteten. Meine Eltern und ich staunten, und Karl machte eine wegwerfende Bewegung und sagte: Was soll's, das Geld ist ja da. Er zahlte dann immer die ganze Rechnung, was mein Vater, der wieder zu viel getrunken hatte und längst mit der Kellnerin schäkerte, geschickt übersah. Meine Mutter bedankte sich mit einem Das-wäre-doch-nicht-nötig-gewesen, was natürlich gelogen war. Was soll's, Elfriede, sagte Karl, das Geld liegt auf der Bank herum, es muss unter die Leute, und ins Grab kann ich's nicht mitnehmen. Was soll's?, sagte er oft.

So wie der Karl sollte ich auch werden. Und meine Mutter, die zeit ihres jetzigen Lebens jede Ausgabe dreimal abwägen musste, hatte auch einen Hintergedanken: Barbara konnte keine Kinder bekommen, es würde für Karls Kanzlei einmal keinen Nachfolger geben, und da könnte ich doch dann einmal einsteigen. Ich sollte also nach ihrem Wunsch Rechtsanwalt werden. Mutters Wunsch wurde schon dadurch zerstört, dass Karl mit seiner zweiten Frau Evelyn einen Sohn bekam, der später Rechtsanwalt wurde und die Kanzlei des Vaters übernahm.

Ich blieb nicht sitzen, ich wurde kein Schreiner, aber auch kein Rechtsanwalt.

36

Vom toten Ingenieur im Weizenfeld erzählt mir auch die Lammermutter. Sie liebt solche Geschichten, wo einer einen umgebracht hat. Oft erzählt sie ganz gruselige Geschichten von Toten und Geistern, die am Friedhof oben ihr Unwesen treiben, von armen Seelen, die im Fegefeuer büßen müssen für ihre Sünden, von Menschen, die schon vor hundert Jahren gestorben sind, die aber in der Scheune im Speicher auf dem Heuboden unsichtbar ihr Unwesen treiben. Sie geht zum Beispiel niemals ins Bienenhaus, seit sie dort einmal ihrem längst verstorbenen Großvater begegnete, der seinen Kopf unter dem Arm trug und zu ihr sprach.
Der, der den Ingenieur umgebracht hat, der wird, wenn er einmal stirbt, auch ins Fegefeuer kommen und lange dort bleiben müssen, sagt die Lammermutter, und es geschieht ihm recht, sagt sie, weil er auch sonst ein sündiger Mensch ist.
Wer ist es?, frage ich.
Das darf ich nicht sagen.
Warum?
Wer das sagt, der bleibt sein Leben lang stumm.
Der Mörder lebt also noch! Wenn es jeder im Dorf weiß, wer es ist, aber keiner was sagt, dann ist es also so, dass einer von den 365 Menschen im Dorf – die Zugezogenen weggerechnet – ein Mörder ist. Immer wieder überlege ich, wer es sein könnte. Der Mord ist vor fünfundzwanzig Jahren geschehen. Der Mörder muss damals schon ein erwachsener Mann, also mindestens zwanzig Jahre alt gewesen sein. Also ist der Mörder mindestens fünfundvierzig Jahre alt. Ich beobachte alle Männer dieses Alters, wobei

ich oft gar nicht sagen kann, ob einer, der Sattler-Jakob zum Beispiel, ob der dreißig ist oder fünfzig. Aber da ich nicht weiß, wie ein Mörder aussieht, woran man ihn erkennt, kann ich mich nicht entscheiden, wen ich für den Mörder halten soll. Mein Vater sagt, dass es zu verstehen ist, dass keiner was sagt, denn dann würde man den Mörder ja festnehmen und einsperren. Und das will keiner. Der Mann hat ja vielleicht eine Frau und Kinder. Die wären doch dann sehr traurig, so wie du auch traurig wärest, wenn sie mich einsperren würden. Mein Vater sagt, dass er es auch nicht weiß, dass es sogar nicht einmal der Pfarrer weiß. Es kann sein, dass mein Vater lügt und der Pfarrer auch. Auf jeden Fall ist es ein Mann, das steht fest. Sosehr ich mir die Männer des Dorfes genauer anschaue, es hilft nichts, ich erkenne den Mörder nicht. Ich frage den Veit.
Veit, jetzt sag einmal, wer hat denn den Ingenieur umgebracht?
Was für einen Ingenieur?
Im Weizenfeld den, den sie tot gefunden haben.
Ach so, den.
Ja, wer hat den umgebracht?
Du, das hab ich mal gewusst, aber ich hab's vergessen.

37

Der alte Holzer ging nun schon seit einiger Zeit nicht mehr in die Werkstatt. Er schlief morgens lange, saß dann bei der Tochter und der Schwiegertochter in der Küche, schlürfte seinen Milchkaffee, brockte Brot hinein und schaute beim Kochen zu. Die Geräusche aus der Werkstatt, die sich durch ein paar neue Maschinen verändert hatten, hörte er kaum noch. Wer mit ihm sprach, musste schreien. Später setzte er sich auf die Bank vor dem Haus, die sein Vater vor etwa siebzig Jahren, also noch im letzten Jahrhundert, gebaut hatte, und er schaute dem Treiben vor der Schreinerei zu. Da schleppten die beiden Lehrlinge Holz in die Schreinerei, da wurden vom Sägewerk Bretter angeliefert, und der Vertreter von der Beschlägefirma grüßte freundlich, ehe er in der Schreinerei verschwand.

Grüß Gott, Holzervater, rief ich, wenn ich ihn auf seiner Bank sitzen sah. Er hörte mich nicht. Mit dem Elf-Uhr-Läuten ging der alte Holzer in die Wirtschaft, trank ein Bier und ging wieder heim, wo es Essen gab. Nach dem Essen schlief er ein Stündchen, danach saß er bei gutem Wetter im Obstgarten hinten auf der Bank, die er sich erst vor ein paar Jahren rund um einen Apfelbaum herum gebaut hatte, die Protestbank, wie er sie für sich nannte. Solange die da steht, schneidet den Baum keiner ab.

Er schaute in die Gipfel der Bäume, schaute den Amseln zu und war traurig, dass er sie nicht mehr hören konnte. Manchmal sprach er zu den Bäumen. Blüht nur, blüht, es kann das letzte Mal sein. Bald ist es Zeit, wenn ich geh, müsst ihr auch gehen. Und als hätten sie ihn verstanden und ahnten, was sich verändern würde, blühten sie schöner denn je und trugen viel Obst, das auf dem Boden verfaulte, weil keiner mehr Zeit hatte, es aufzusammeln, daraus Most zu machen oder es für den Winter in der Stube auf langen Tischen zu lagern, damit ihr Geruch durch das Haus zog, vor allem, wenn es Bratäpfel gab. Vor ein paar Jahren waren noch die Flüchtlinge gekommen und hatten die Äpfel und Birnen und Zwetschgen geholt, dass man regelrecht schauen musste, dass einem genug blieb für über den Winter. Jetzt hatten die Flüchtlinge selber Obstbäume. Auch wir hatten welche, auf die mein Vater sehr stolz war. Er hatte sie vom Herrn Hochwürden bekommen, der nebenher ein Apfelzüchter war.

Martin-Junior wollte den Obstgarten abholzen, um eine neue Halle zu bauen. Er wollte in größeren Mengen Türen produzieren, brauchte dazu eine Fabrikationshalle für Furnierpressen und dergleichen. Der alte Holzer, der sich gegen das Ansinnen, dafür die Obstbäume zu fällen, heftig wehrte, wusste, dass sein Sohn nur noch seinen Tod abwartete, um seine Pläne zu verwirklichen. Es gab, das ahnte er, kein Aufhalten. Es würde eine neue Zeit kommen, die nicht mehr seine Zeit war.

Da saß er dann schon im zeitigen Frühjahr und bis in den Herbst hinein in seinem Obstgarten, der schon der Obstgarten seiner Eltern und seiner Großeltern gewesen war, und er erlebte noch einmal den Lauf des Jahres. Am Abend ging er dann wieder in die Wirtschaft. Jeden Abend. Dort fand das Leben statt, das es in der Familie nicht mehr gab, wo keiner mehr Zeit für den anderen hatte und keine Geduld mit dem Schwerhörigen.

In der Wirtschaft gab es Gespräche mit den Bauern und dem Veit, Neuigkeiten vom Wirt oder vom Hochzeitslader, Diskussionen mit den Flüchtlingen, Streitereien mit meinem Vater und seiner Besserwisserei, Hochmut, Verbrüderung, Kartenspiel und vor allem das Biertrinken. Da hier alle sehr laut waren, verstand sie der alte Holzer ganz gut, und was er nicht verstand, das dachte er sich dazu. Ohne Rausch ging er nicht nach Hause. Leicht torkelnd und auch singend manchmal, in Lauterbach, in Lauterbach hab ich mein Strumpf verlorn, mein Strumpf verlorn, schaffte er immer mühelos die hundertfünfzig Schritte, immer die Dorfstraße entlang bis zur einzigen Kurve, in der das Holzer'sche Anwesen stand. Am Sonntag ging er in die Kirche, stand hinten bei den Männern, verließ mit ihnen gleich nach der Wandlung das Gotteshaus und ging ans Grab, wo seine Eltern, seine beiden im ersten Krieg gefallenen Brüder, seine Schwester, sein erster Sohn Sebastian, der im letzten Krieg gefallen war, und seine vor dreißig Jahren gestorbene Frau Anna liegen. Er wird, dachte er, jetzt wohl der Nächste sein.

Ich mach's nicht mehr lang, sagte er eines Abends im Spätherbst zu den Männern am Stammtisch, und er ging früher als gewohnt. In der Nacht wachte der Martin junior auf, denn im alten Teil der Werkstatt waren Geräusche zu hören. Er stand auf, ging hinüber und sah durchs Fenster, dass sein Vater an der Hobelbank arbeitete. So ging das mehrere Nächte. Martin junior ahnte, was der Alte da baute. Er störte ihn nicht. Am Tag redete keiner darüber, keiner fragte den Alten, und eines Morgens, als der Vater noch schlief, bewunderte der Sohn in der Werkstatt einen fertigen, perfekt mittels Schwalbenschwanzverzinkung gebauten Sarg, gebaut aus dem Holz der Buche, die der Vater des Alten seinem Sohn zu Beginn von dessen Lehrzeit geschlagen und zur Trocknung aufgestellt hatte, bestimmt für dessen Sarg, wie es in der Familie seit Generationen üblich war.

Wehmütig erinnerte sich der Sohn, dass das einmal Brauch gewesen war. Er hatte den Brauch durchbrochen, indem er seinen Baum für sein Meisterstück, ein Buffet, verarbeitet hat. Als einen Frevel hatte sein Vater das damals angesehen.

38

Den braucht man dann am Ende schon noch, hat Martin senior einmal zu mir gesagt, als ich nach dem Baum ganz hinten im Lager gefragt habe. Am Ende, verstehst du, ganz am Ende, da braucht man den.
Der Winter kommt, Weihnachten, ein neues Jahr. Im Januar, es liegt hoch Schnee, ist Martin Holzer senior an einem Morgen nicht wie gewohnt in seiner Kammer. Das ganze Dorf sucht ihn. Auch wir Kinder werden angehalten zu suchen. Der Benno und ich finden ihn. Im Schneegestöber hat er beim Heimgang aus der Wirtschaft das Hoftor nicht gefunden, ist zu weit gelaufen und im Schnee, der ihn im Laufe der Nacht zudeckte, zusammengebrochen und erstickt oder erfroren. Der Schnee hat ihn zugedeckt, weswegen es ein Glück ist, dass wir ihn überhaupt finden.
Ich bin traurig. Ich habe den alten Holzer fast so geliebt wie den Veit. Einen Tag nach Heiligedreikönig wird er in dem Sarg eingegraben, den er sich vor ein paar Wochen, sein Ende ahnend, gebaut hat. Mein Vater schießt dreimal mit der Kanone, weil der alte Holzer im Ersten Weltkrieg Soldat war, und der Pfarrer spricht von einem angesehenen und gottesfürchtigen Christenmenschen.
Im Frühjahr, ehe sie noch blühen können, schneidet der Martin junior die Obstbäume ab. Den Apfelbaum, unter dem die Bank des Vaters stand, lässt er in Bretter geschnitten dahin bringen, wo die Buche des alten Holzer gelagert war. Daraus, sagt er, baut er sich dann seinen Sarg, wenn es dann einmal so weit ist mit ihm. Er lacht.

39

In meiner Familie gab es keine Handwerker. Die Verwandten, die alle irgendwo im Raum München und auch in der Stadt wohnten und am Sonntag mit ihren Stadtkindern zu uns aufs Dorf kamen, auf ein Kaffeestündchen, waren Beamte und Angestellte. Der einzige Studierte war Onkel Karl. Und es gab solche wie meinen Vater, die sich als Vertreter für dies und das durchschlugen. Onkel Walter, der Mann von Tante Ruth, der anderen Schwester meiner Mutter, war Eisenbahner. Er war, wie mein Vater sagt, so unwichtig, dass sein Ausfall keinen Fahrplan beeinflusst hätte. Dann gab es noch weitere Verwandte, von denen ich oft gar nicht wusste, wie die zu uns verwandt waren, einen Gartenbauingenieur, einen Militärmusiker und einen Berufsunteroffizier. Die meisten, außer Onkel Karl, waren furchtbare Wichtigtuer, die ihre Familien kaum ernähren konnten, sich aber zutiefst in ihrer Ehre gekränkt gefühlt hätten, wenn ihre Frauen arbeiten gegangen wären. Eine solche Familie war, das merkte ich im Laufe der Jahre, wenn sie sich zu Familienfesten zusammenrottete, ein Hort von Intoleranz und Vorurteilen, von Arroganz und Hochmut. Sie alle waren in der sogenannten großen Zeit wichtig gewesen, und sie mussten nach dem Krieg in einer Demokratie, die nicht nach ihrem Wunsche war, mühsam wieder Fuß fassen. Sie waren Mitläufer, kleine, nützliche Eiferer.

Wir haben die Züge nach Dachau abgefertigt, Stempel auf die Papiere und ab damit, was da drin war, das ist uns nichts angegangen, sagte Onkel Walter, der Eisenbahner. So waren sie alle. Für sie war im Wirtschaftswunder, wo Fleiß und Leistung mehr zählten als großspurige Worte,

kein Platz. Das wollten sie nicht wahrhaben, denn sie waren hochmütig, vor allem den Handwerkern gegenüber, die sich in diesen Jahren einen soliden Wohlstand aufgebaut hatten, Häuser bauten und ihre Kinder aufs Gymnasium schickten.
Als Onkel Walter pensioniert wurde, kauften er und Tante Ruth sich ein Grundstück bei uns im Unterdorf und bauten ein Haus, genau so eine Schuhschachtel wie unser Haus.
Onkel Walter bastelte zeit seines Lebens Schiffe aus Streichhölzern. Während Schiffe sonst mit der Angabe von so und so vielen Bruttoregistertonnen zu imponieren pflegten, war es bei Onkel Walter die jeweilige Anzahl der verarbeiteten Streichhölzer. MS Fürst Bismarck – sechzigtausend, Kreuzer Hindenburg – fünfundachtzigtausend Streichhölzer.
Ach, hätten wir für jedes Hölzchen einen Pfennig, wir wären wirklich reiche Leute!, sagte Tante Ruth manchmal, denn, das begriff ich sehr früh schon, die Leidenschaft des einen kann das Leiden des anderen sein. Und ich konnte mit dem Satz, Leidenschaft, die Leiden schafft, den mein Vater oft sagte, der ein Mensch fertiger Sätze war, etwas anfangen. Sicher meinte mein Vater nicht das, was Tante Ruth erduldete, die dank ihrer zunehmenden Schwerhörigkeit immer weniger litt, denn die aufdringlichste, für den Außenstehenden kaum zu ertragende Begleiterscheinung des Walter'schen Schiffsbaus war das Abschneiden der Streichholzköpfe, das Abknippen, wie der Onkel das nannte.

40

Mit einer kleinen scharfen Zange, mit der man sich normalerweise die Zehennägel schneidet, knippt er die Köpfe ab. Knipp, macht das, knipp, pausenlos knipp, und die Streichholzköpfe fliegen oft in hohem Bogen weg, auf den Teppich, in die Sessel, unters Sofa. Onkel Walter schneidet zu jeder Zeit und immer Streichholzköpfe ab, im Garten oder im Wohnzimmer, beim Radiohören oder wenn er bei uns im Garten sitzt oder beim Messmer-Ludwig im Paradies hockt und mit ihm auf dessen Jauchemeer schaut und sich vorstellt, wie da die großen Dampfer vorbeischwimmen. Sechzigtausendmal knipp für Bismarck, fünfundachtzigtausendmal knipp für Hindenburg. Knipp ein Leben lang. Wenn ich Onkel Walter besuche, habe ich nach drei Minuten eine Zange in der Hand und schneide Streichholzköpfe ab. So ergeht es jedem, der Onkel Walter und Tante Ruth besucht. Überall im Haus liegen Zangen und Streichhölzer bereit. Selbst als sie später einen Fernsehapparat haben, hört das Knippen nicht auf.
Mir stiehlt keiner die Zeit, sagt Onkel Walter, auch der Fernseher nicht.
Mein Vater geht schon seit längerer Zeit gar nicht mehr hin. Zwischen ihm und Onkel Walter kommt es zum endgültigen Bruch, als mein Vater, der Kettenraucher, eines Tages alle über ein Jahr gesammelten, abgebrannten, zur Hälfte verkohlten Streichhölzer, eine ganze Schachtel voll, bringt. Walter verachtet das Geschenk. Er will jungfräuliche Streichhölzer haben. Selbstverständlich ist Onkel Walter Nichtraucher. Er könnte es vermutlich nicht ertragen, ein Streichholz einfach abbrennen zu sehen.
Man müsste für diese Idioten von Schiffchenbauern

Streichhölzer ohne Köpfe herstellen, sagt mein Vater, sieht darin aber keine Geschäftsidee, weil er sich nicht vorstellen kann, dass es viele solche Narren wie Onkel Walter gibt. Irgendwann vermeiden es alle, die beiden zu besuchen. Auch Onkel Karl und Tante Barbara meiden sie. Barbara versteht nicht, dass ihre Schwester diesen Schwachkopf, wie sie ihn nennt, aushält.
Onkel Walter, der in seinem ganzen Leben wie der Messmer-Ludwig kein Meer und auch keinen großen Dampfer gesehen hat, trifft sich einmal im Monat in einem Wirtshaus in der Kreisstadt mit Gleichgesinnten. Da zeigen sie sich ihre neuesten Werke, diskutieren architektonische Probleme, pflegen naturgetreue Maßstäbe, tauschen Pläne aus und verachten gemeinsam diejenigen, die aus Streichhölzern Kirchen oder Weihnachtskrippen oder gar Phantasiegebäude basteln. An diesen Abenden knippen sie, glaube ich, nicht.
Onkel Walter stirbt sehr plötzlich, und bei der Beerdigung wirft mein Vater ein paar Schachteln Streichhölzer ins offene Grab auf den Sarg. Da, alter Junge, sagt er, da kannst du dir im Jenseits ein Schiffchen bauen! Über diesen in ihren Augen rohen Akt weint Tante Ruth mehr als über Onkel Walters Tod. Über den kommt sie schnell hinweg, indem sie sich mit einem seiner Vereinskameraden tröstet, einem Kriegsveteranen, der nur Bodenseeschifffahrtsdampfer baut, selbstverständlich aus Streichhölzern. MS Lindau, vierzigtausend Hölzchen.
Mit meinem Vater spricht Tante Ruth nie mehr.

41

Bis auf Holland ist er hinaufgekommen, als Soldat, der Messmer-Ludwig. Vier Monate lag er mit seiner Einheit in Südholland vor der Küste, fünf Kilometer vom Meer entfernt. Er roch das Meer, er hörte es, vor allem nachts, wenn es tobte und sie Angst bekamen, es könnte über sie kommen, das Meer. Er sah die Möwen und hörte ihr Schreien, er sah die hohen Sandhügel, hinter denen, so wusste er, das Meer lag. Aber er sah es nie. Die Dünen und Deiche waren vermint, und es wäre sehr gefährlich gewesen, ans Meer kommen zu wollen. Dann kamen die Engländer, bombardierten die Deiche. Die Minen gingen hoch, und die Einheit wurde von Tieffliegern beschossen. Neben dem Ludwig fielen die Kameraden. Wer noch lebte, floh, lief, weg vom Meer, von wo das Unheil kam und sogar das Meer selbst, ungezügelt und verheerend. Dann gab es einen großen Knall.

In einem Lazarett wachte der Ludwig auf. Als er zu sich kam, befühlte er seinen Körper. Nichts fehlte. Nichts! Er war unverletzt! Er lachte, lachte laut, aber er hörte sein Lachen nicht. Und auch sonst hörte er nichts. Überall lagen Verletzte mit verbundenen Armen, Beinen, Köpfen. Blut sickerte durch die Verbände. Ludwig sah den jungen Mann neben sich stöhnen, aber er hörte ihn nicht. Ludwig schrie, so laut er konnte. Aber er hörte nichts. Pfleger erschienen und ein Arzt. Man schrieb ihm auf einen Zettel, dass er sein Gehör verloren habe, man aber voller Hoffnung sei, dass er es zurückbekomme. Ab sofort redete der Ludwig, wenn er wach war, ständig laut, sehr laut vor sich hin, in der Hoffnung, sich doch zu hören. Dem Bettnachbarn, dem sie einen Arm abgenommen hatten, erzählte er sein Leben. Er redete so lange, bis er, es waren ein paar Wochen vergangen, sich wieder verstand. Ich höre mich, ich höre wieder!, rief er.

Dann halt jetzt endlich mal den Mund, sagte der Bettnachbar.

Der Messmer-Ludwig konnte tatsächlich wieder hören, was die Menschen sagten. Er war am Meer gewesen und hatte es nicht gesehen. Aber fortan rauschte es in seinen Ohren, es war in ihm drin, das Meer – bis an sein Lebensende.

Vier Söhne sind vom Messmer im Krieg gewesen. Der Franz und der Alois sind gefallen. Der Alfons, der Älteste, der kurz vor Kriegsbeginn geheiratet hatte, kam unversehrt gleich in den ersten Tagen nach dem Krieg zurück. Zum ersten Mal sah er die Zwillinge, die seine Frau Maria geboren hatte, als er schon an der Front war.

Vom Ludwig hatte man Nachricht, dass er in Aachen im Lazarett lag. Schließlich kam auch er nach Hause. Er hatte sein Gehör verloren und wiedergefunden, er hatte keinen Arm, kein Bein verloren, aber, das wurde allen in Hausen und vor allem den Messmers bewusst, der Krieg hat ihm, wie der Alfons es sagte, ein Stück von seinem Hirn genommen. Er war nicht mehr der Ludwig, der in den Krieg gezogen war. Er war seltsam geworden, ein Spinner, wie man zu sagen sich angewöhnte. Er redete nachts laut, saß da, starrte vor sich hin, sprach zu den Tieren, erzählte ihnen Geschichten, vergaß, was man ihm gerade gesagt hatte, redete oft wirres Zeug. Jedermann forderte er auf, ganz nah an sein Ohr heranzutreten, um das Meer zu hören. Die Zwillinge hatten erst Angst vor ihm, dann hänselten sie ihn. Es war, so beschlossen Alfons und Maria, kein zu ertragender Zustand mehr. Sie fanden eine Lösung.

Alfons, der als der älteste der Brüder selbstverständlich den Hof übernahm, zahlte den Bruder aus. Auf einem Grundstück im Unterdorf, das Alfons an Ludwig abtrat, baute der sich ein Haus, das ein Haus zu nennen sich die Dörfler schwertaten. Es war eine Art Baracke, in der Ludwig wohnte, die er ständig erweiterte. Bretterverschläge, Schuppen, ein Hühnerstall, ein Stall für zwei Schweine und eine Ziege, ein Brunnen und ein Teich entstanden über die Jahre, und Ludwig sprach fortan von seinem Paradies. Er baute und baute, sammelte alte Pflüge, Pferdegeschirre, Ölbilder mit Alpenlandschaften und leichtbekleideten Zigeunerfrauen, ausrangierte Möbel, Gipsstatuen. Ein Hund hauste im Wrack eines Amijeeps, die Hühner, die Schweine und die Ziege, der Hund und zahlreiche Katzen, die sich ständig vermehrten, später noch zwei Truthähne und ein Pfau, der kein Rad mehr schlagen konnte, weil ihm die Federn dazu fehlten, liefen tagsüber frei herum. Es war eine Mischung aus Schrottplatz und Abenteuerspielplatz, Müllhalde und Wallfahrtsort, Zoo und Museum. Kleine Gipsgrotten mit Marienbildern, über einem Sofa Leda mit dem Schwan, ein goldgerahmter Druck, halbblinde Spiegel überall, ein heilloses Durcheinander, Unordnung, viele angefangene Bauten, die nie fertig wurden, Baumaterialien, Schrott, ein Museum, das den Hausenern den harmlosen Wahnsinn des Messmer-Ludwig sichtbar machte.

Hinter der Wohnbaracke stand eine Hollywoodschaukel. Wo er die herbekommen hatte, blieb sein Geheimnis.

Dort war der Lieblingsplatz vom Ludwig. Da saß er und starrte auf sein Meer, das er immer rauschen hörte. Die Hollywoodschaukel wurde ihm zum Schiff, das auf den Wellen trieb, von einem alten Plattenspieler hörte er See-

mannslieder, und er träumte sich eine Seefahrt übers große Meer auf Amerika.
Natürlich blieb er Junggeselle, und manchmal kamen die anderen Junggesellen des Ortes zu ihm, so auch der Veit, und es ging fröhlich zu bis tief in die Nacht. Es verband sie die Tatsache, dass sie keine Frauen hatten und möglicherweise auch trotz der Anstrengungen des Hochzeitsladers keine mehr finden würden. Sie saßen lange, tranken und sangen, wärmten sich aneinander, griffen sich zwischen die Beine, spürten ein wenig von dem, was ihnen bei den Frauen verwehrt war, träumten sich mit dem Ludwig und Onkel Walter auf ein Schiff, wollten auf Amerika, gerieten in Seenot, erreichten Amerika nie. Als das Gerücht aufkam, der Ludwig habe seinen Schwanz dem Keller-Sepp in den Hintern gesteckt, beobachtete man diese Männergesellschaft im Paradies mit leichtem Argwohn.
Der Bruder und die Schwägerin mieden den Ludwig, sie schämten sich für ihn, wozu es, wie mein Vater sagte, gar keinen Grund gab. Er hielt den Ludwig nicht für einen Verrückten, und ich glaubte manchmal, er hätte gerne auch so leben wollen, ohne die verschuldete Schuhschachtel, ohne Frau und Kind, ohne die Last und Mühe des Alltags, ohne die Verpflichtung, seine Familie zu ernähren, ohne einer alten Frau in Berlin, die seine Schwiegermutter war, dankbar sein zu müssen. Der Ludwig, sagte er, ist der glücklichste Mensch in Hausen. Sicher dachte das manch anderer auch.
Da der Ludwig regelmäßig in die Kirche ging, beichtete, am Sonntag die Ruhe nicht störte, keinem etwas zuleide tat, immer freundlich war, sein Bier in der Wirtschaft trank und sogar eine Feuerwehruniform hatte und an Übungen teilnahm, sagte man nichts Schlechtes über ihn. Er spinnt

halt, und daran ist der Krieg schuld, sagte man, besser spinnert als tot. Und Gerüchte gab es viele. Man gab gegebenenfalls nichts auf sie.

42

Wir Kinder lieben das Paradies vom Messmer-Ludwig, und für uns ist es eine Selbstverständlichkeit, dass er es so nennt. Die Höfe, die Scheunen und Ställe, die Schuppen, Werkstätten und Bienenhäuser, die Heuboden und die Misthaufen, die Jauchegruben und die Aborte sind sich ziemlich gleich. Es ist egal, ob wir beim Lammer, beim Bachmeier oder beim Stadler, beim Krimmer oder beim Karpfinger oder beim Kiermeier Verstecken spielen. Es ist alles irgendwie gleich im Dorf, das unser Spielplatz ist. Beim Ludwig ist alles anders als irgendwo sonst.
Neben dem Veit, der halt immer schwer arbeiten muss und nicht so viel Zeit hat, und den Holzers mit ihrer Schreinerei ist der Ludwig für mich die wichtigste Person im Dorf. Kein Oktoberfest, kein Volksfest, keine Geisterbahn, keine Hinrichtung beim Schichtl, kein Tierpark ist so spannend wie das Paradies im Unterdorf zwischen den Schuhschachtelhäusern der Flüchtlinge, wo Zwiebeln, Paprika und Knoblauch als Zöpfe unter den Dächern der Häusern hängen, wo es Ziegen gibt und Kaninchen, wo, wie mein Vater sagt, der Balkan beginnt, wo es irgendwie anders riecht als im Oberdorf, wo die größeren Bauern sind und wir unsere Schuhschachtel haben, am Hang über der Pfarrerwiese.
Beim Ludwig ist immer was los, gibt es was Neues zu be-

staunen, wird gerade wieder irgendeine wahnwitzige Idee in die Tat umgesetzt. Und er hat immer für uns Zeit, wir dürfen helfen, dürfen selbständig aus dem ganzen Schrott, der herumliegt, Sachen bauen, Ludwigs Werkzeug benützen. Oder wir sitzen bei ihm auf der Terrasse am Meer, und er erzählt Geschichten aus aller Welt, die in den drei dicken Büchern stehen, die er besitzt. Manchmal liest er uns daraus vor, aber wir merken, dass er gar nicht liest, er kennt die Geschichten auswendig.

Beim Ludwig im Paradies gibt es eine andere Zeit, eine andere Welt, dort ist nichts so wie bei irgendeinem von uns daheim. Denn beim Ludwig verstecken sich gute und böse Geister, Heilige und Zwerge, Feen und Hexen und der Teufel selber. Mit allen redet der Ludwig, darum tun sie uns nichts. Auch der Teufel, der im Hund vom Ludwig steckt, tut uns nichts.

Dem Ludwig kann man alles erzählen, und wie mit dem Veit kann man Geheimnisse mit ihm haben.

Ich darf nicht immer zum Ludwig gehen, weil ich dort die Zeit vergesse, meine Schularbeiten nicht mache und meistens völlig verdreckt heimkomme.

43

Als ich schon auf dem Gymnasium war, kamen Gerüchte auf, der Ludwig habe sich an kleinen Buben vergangen. Ich glaubte das nicht. Ich wollte es nicht glauben, und ich hatte auch keinen Grund, es zu glauben.

Doch es wurde traurige Wahrheit aus dem Gerücht. Zwei Buben behaupteten, der Ludwig habe Schweinereien mit

ihnen gemacht. Man verhörte den Ludwig, er gestand, man brachte ihn weg, wies ihn in eine geschlossene Anstalt ein, in ein Irrenhaus, wie man bei uns sagte. Er kam nie mehr zurück, wurde nach einem Jahr tot in einer Toilette der Anstalt aufgefunden, er hatte sich erhängt.
Das Paradies blieb von da an geschlossen.

44

Veit, warum hast du eigentlich keine Frau?, frage ich, während mir der Veit zeigt, wie man Weidenpfeifen schnitzt. Er lächelt, antwortet erst einmal nicht. Mit dem Griff eines Messers klopft er auf das nassgemachte Weidenhölzchen und wiederholt mehrmals den Zauberspruch, ohne den, wie er sagt, keine Weidenpfeife etwas wird, der ein Ritual ist, wie das Sensendengeln:

> Pfeiferl, Pfeiferl geh herab,
> schneid dem Jakob die Haare ab,
> laß ihm noch ein Schöpfchen stehn,
> ist der Jakob noch so schön.
> Gib dem Jakob einen Hut,
> der steht im besonders gut,
> kauft man ihm ein Leiberl,
> findet er ein Weiberl.

Jetzt sag doch!
Was?
Warum du keine Frau hast?
Ich brauch doch keine Frau.

Warum nicht?
Mir geht's doch so auch gut.
Dann kriegst du nie Kinder und bist keine Familie.
Schau, Bub, schau dir die Pfarrer an. Die haben auch keine Frau und keine Kinder und keine Familie und nichts, und denen geht es doch gut. Oder dem Messmer-Ludwig, dem geht's doch auch gut. Und es sind etliche da, die haben eine Frau und streiten und was weiß ich alles, und es geht ihnen nicht gut. Da bin ich lieber allein.
Warum bist du dann nicht Pfarrer geworden?
Das wär was, ich und Pfarrer!
Warum?
So ein Gottloser wie ich und Pfarrer. Das tät dem Herrgott nicht gefallen.
Die Lammermutter sagt, dass der Hochwürden auch gottlos ist.
Bub, ich sag dir ein Geheimnis, aber das darfst du keinem sagen.
Ich sag's keinem.
Den Herrgott, flüstert er, den gibt's gar nicht.
Ist das wahr?
Ich schwör's dir. Aber sag's keinem.
Ich sag's keinem.

45

Im Juni liefen wir Dorfkinder barfuß. Immer, bei jedem Wetter, überallhin, auch in die Kirche und in die Schule. Eigentlich auch schon im Mai. In den Monaten ohne »r«, von Mai bis August, brauchten wir keine Schuhe. Wir traten uns Nägel oder Glasscherben ein, und es bildete sich Hornhaut unter den Füßen, die nie richtig sauber wurden. In der Schule, wo alle acht Klassen in einem Raum saßen, stank es manchmal wie in einem Kuhstall, denn natürlich mussten die Bauernkinder morgens im Stall helfen und kamen nicht dazu, sich danach die Füße zu waschen.

Mit dem Juni war für uns der Sommer wirklich da. Wir hüteten die Kühe, fingen im Bach Forellen mit der Hand und schauten in der Scheune nach, was bei den Mädchen anders war als bei uns. Es war schön, im Juni Geburtstag zu haben. Es gab Erdbeertorte, man konnte mit den Verwandten aus der Stadt draußen sitzen, was das Einzige war, was sie an unserem Leben beneideten. Dass im Juni der Holunder blüht und wunderbar riecht und dass die Bauerngärten beginnen, ihre vollste Staudenpracht zu entfalten, das wurde mir erst bewusst, als ich nicht mehr auf dem Dorf lebte.

Während meiner Volksschulzeit unterschied mich viel von meinen Vettern aus der Stadt. Mein Spielzimmer war die Natur, waren die Höfe, die Handwerksbetriebe, die Felder und Wiesen, das Moos und der Wald und das Paradies vom Messmer-Ludwig. Besorgt sagte meine Tante Barbara aus der Stadt oft zu meinen Eltern: Der Junge verwildert.

Was soll ich dagegen tun?, fragte meine Mutter.

Das ist doch gut so, sagte mein Vater.

Er, konnte man sagen, verwilderte ja auch.

46

Wir fahren das Heu ein. Ich vorne auf einem der Gäule sitzend, hoch oben, mit nackten Beinen, stolz, ungeheuer wichtig, mit einem kleinen Anflug von Angst auch, mehr damit beschäftigt, die Bremsen vom massigen Körper des Pferdes zu scheuchen als ihm den Weg zu weisen, von der Wiese im Moos, durchs Dorf zum Lammerhof, über den Hof in die Scheune. Die Gäule kennen den Weg. Sie würden ihn auch ohne meine Begleitung finden und das Fuder Heu heil nach Hause bringen.

Dann ist Feierabend. Es gibt Semmelknödelsalat und ein Stück Schweinernes. Die Männer trinken Bier, das wir Kinder in Krügen aus der Wirtschaft holen. Und dann, ich darf noch aufbleiben, treffen sich alle auf der Gred vor dem Haus, sitzen auf der langen Bank oder auf aus der Küche dazugeholten Stühlen und trinken, stricken, reden und singen. Beim Lammer trifft sich an solchen Abenden manchmal das halbe Dorf, denn der Lammer-Sepp, der einzige Sohn der Lammers, der den Krieg überlebt hat, der da ist, daheim, nicht tot wie der Matthias und der Hans, nicht vermisst wie der Anton. Der Sepp, der zukünftige Bauer, ein prächtiges Mannsbild, wie die Frauen sagen, ein Erfinder, ein Draufgänger, spielt auf seiner Ziehharmonika, wenn er nicht auf seiner Horex über die Dörfer zu irgendwelchen Liebschaften fährt. Liebschaften nennt das mein Vater, der ja selber in Hetzenbach drüben eine Liebschaft hat, die Wirtin von dort.

47

Der Sepp spielte selbstbewusst und stolz, wie ein krähender Hahn, den Kopf leicht nach hinten gelegt, selbstsicher. Er konnte keine Noten, spielte die Stücke, wie er sie gehört hatte, im Radio, auf Volksfesten, auf dem Tanzboden. Wer singen konnte oder glaubte, singen zu können, der sang. Anneliese, ach Anneliese, warum bist du böse auf mich? Schiefe Absätz' und in jedem Strumpf ein Loch, aber saufen, saufen, saufen tun wir doch. Und der Sepp spielte wie ein Besessener. Mal spielte er Märsche für die Männer, mal sanfte Volksweisen für die Frauen. Wo ich geh und steh, tut mir mein Herz so weh. Die Frauen dankten es dem Sepp mit mehr oder weniger sehnsüchtigen Blicken, die die Lammermutter sehr wohl bemerkte und gegebenenfalls als unschicklich einstufte. Dass sie diesen ihren letzten Sohn bekommt, das brauchte sich keine von denen einzubilden. Die Eisenrieder-Klara mit ihrem Amibankert, die brauchte sich erst recht nicht an ihn dranmachen, die, die nichts wie einen Vater suchen würde für ihren Bankert. Eine Amischicks ist sie, die. Für die ist ihr der Sepp zu gut, für die. Ein Held ist er. Auch ihn hatten sie ihr wegnehmen wollen. Fast am Ende von dem verdammten Krieg, als man ihr schon den Tod vom Matthias und vom Hans gemeldet hatte, wollten sie den Sepp und drei andere fünfzehnjährige Buben noch einziehen. Vor der Wirtschaft mussten sie sich aufstellen. Ein Mannschaftswagen und ein Kübelwagen mit Militärs waren vorgefahren, und der Ortsgruppenführer Lechner, der sich dann gleich nach dem Krieg im Glockenstuhl oben aufgehängt hat, meldete dem Offizier vier junge Burschen, angetreten, Soldaten zu werden, willens, dem Führer zu dienen, wie der Lechner betonte. Es standen da aber nur drei, der Dachser Peter, der Niedermeier Kare und der Wagner Michael, von denen keiner so aussah, als würde er begeistert gegen den Russen ziehen wollen, statt jetzt die Ernte einzufahren. Wo ist der vierte, wer ist es, wie heißt er, wo findet man ihn? Es ist der Lammer-Sepp, sagte der Lechner. Sie fanden ihn beim Lammer im Schuppen hinten in der Werkstatt, blutüberströmt, halb ohnmächtig. Er hatte sich mit der Axt den rechten Daumen abgehackt. Den rechten Daumen, wie er selber später immer betonte. Der Sepp ist Linkshänder. Sie brachten ihn in ein Krankenhaus. Seine Rechnung, die er sich gemacht hatte, ging auf. Er musste nicht mehr in den Krieg. Als er wieder hergerichtet war, war der Krieg vorbei. Die anderen drei Burschen sind gefallen. Kanonenfutter, sagte mein Vater.

Nie mehr wird die Lammermutter vergessen, wie der Lechner dastand, grinste und sagte: Den Kopf hätte er sich abschlagen müssen, Lammermutter, den Kopf. Wegen einem Daumen kommt uns keiner aus. Dann warf er den Daumen der Lammermutter vor die Füße. Der Lammer wollte sich auf ihn stürzen, was die Nachbarn verhinderten, wissend, dass sie ihn auch gleich mitgenommen hätten, denn ein paar Alte brauchten sie auch für den Krieg. Als sich der Lechner dann nach dem Krieg umbrachte, weil er sich schämte, weil keiner mehr mit ihm sprach, weil sie ihn als den Verantwortlichen für den Tod ihrer Söhne ansahen, betete die Lammermutter kein Vaterunser für sein Seelenheil, und keine Glocken läuteten, und geschossen wurde auch nicht, denn im Krieg selber war er ja nicht gewesen, der Lechner, hatte ihm ja nur an der Heimatfront auf seine Art gedient. Beim Begräbnis war niemand. Der Messner grub ihn unter der Regentraufe der Kirche ein, wo

die Selbstmörder und die ungetauften Kinder hinkommen. Dass er den Herbert, den Jud, versteckt in der Scheune nicht verraten hat, das war wie ein Wunder, aber nicht dazu angetan, ihn zu bedauern. Schließlich hat man ihm sein Schweigen reichlich belohnt. Das musste genügen. Ein Hitlerischer war er, und dafür hat er sich selbst bestraft.
Der Veit hatte sich an dem Tag, als sie ihr letztes Aufgebot rekrutierten, im Heu versteckt und nicht blicken lassen. Vermutlich hätten sie den auch noch gegen den Russen brauchen können.
Der Daumen, den die Lammermutter damals den Hühnern hingeschmissen hat, fehlte dem Sepp nicht. Für die Bässe brauchte er ihn nicht. Viele Jahre später, als der Sepp mit einem anderen Ziehharmonikaspieler auftrat, entdeckte ich, dass der Sepp die Ziehharmonika falsch herum hielt.
Wenn der Sepp zu seinem Ziehharmonikaspiel und seinem Gesang auch noch jodelte, dann hingen die jungen Frauen und die Mädchen träumerisch an seinen Lippen und hofften, dass er sie einmal mitnimmt auf seiner Horex, mit der er schon in Rom war. Sie sangen, die Frauen, die einen kräftig, laut und beherrschend, andere leise, nur die Lippen bewegend, inbrünstig, verspielt, träumend, die alten Frauen mit hohen Stimmen, wie Mädchen dasitzend, rotbackig. Dann kicherten sie, flüsterten sich Geheimnisse zu, erschauderten, bewegten sich im Rhythmus der Musik, ließen ihre Brüste wippen und ihre Hinterteile kreisen. Und jede von ihnen dachte jetzt vielleicht an einen, den sie liebte, ohne dass der Angebetete es überhaupt wusste. Wie ich die Rosa liebte, die davon auch noch nichts ahnte. Ich war glücklich an solchen Abenden und spürte irgendwie, dass es doch was Wunderbares war um die Frauen.
Meine Mutter war anders als die Frauen hier. Wenn über-

haupt, dann saß sie steif da, als gehörte sie nicht dazu, als sei sie nur eine fremde Zuschauerin in einem fernen exotischen Land, wo man sich raushält, weil man das Brauchtum nicht kennt. Sie sang nicht mit, in ihren Körper schlichen sich die Rhythmen nicht ein, sie war nur körperlich anwesend. Es war nicht ihre Musik. Sie träumte von ihrer Jugend in Berlin, mit Chopin auf dem Klavier und Schubert-Liedern, mit Konzertbesuchen und Hausmusik, von der singenden Mutter und ihrem Geige spielenden Vater, von ihren Schwestern, die allesamt Instrumente gespielt haben, sie selbst Klavier unter dem strengen Lehrer Molitor. Was hier im Lammerhof für mich der erste Duft der Musik war, was mir ganz tief ins Herz ging und dort ein Leben lang seinen Platz haben würde, war ihr, weswegen sie sich oft sehr früh nach oben zurückzog, nicht sehr viel mehr als derbes Treiben, als Lärm.

48

Ein einziges Mal, an einem Sonntagabend, die Verwandten aus der Stadt waren am Nachmittag für ein paar Stunden da und es wurde Wein getrunken, und meine Mutter ist wohl etwas beschwipst, setzt sie den Schlagern des Abends plötzlich etwas entgegen: Sie singt.
Sah ein Knab ein Röslein stehn, Röslein auf der Heiden, war so jung und morgenschön, lief er schnell, es nah zu sehn.
Sie singt schön, mit einer hohen Stimme, etwas zittrig. Alle lauschen. Die Frauen summen mit, sie kennen ja den Text nicht. Als meine Mutter fertig ist, schlägt sie die Hände

vors Gesicht, als schämte sie sich, zumal sie merkt, dass meinem Vater ihr Auftritt peinlich ist, ich weiß nicht, warum.
Man applaudiert, fordert meine Mutter auf, noch ein Lied zu singen. Sie tut es, und mein Vater geht in die Wirtschaft. Am Brunnen vor dem Tore, da steht ein Lindenbaum, singt sie, ich schnitt in seine Rinde so manchen süßen Traum.
Sie sieht schön dabei aus.
Ich bin stolz auf sie.

49

Eines Tages kam die große Stunde meiner Mutter.
Im Schuppen, der halb Werkstatt und halb Hühnerstall war, stand neben allerlei abenteuerlichem Gerümpel, das der Lammer-Sepp, ein ewiger Bastler und Sammler, im Laufe der Jahre zusammengetragen hatte, verstaubt und von Hühnerscheiße überzogen ein Flügel. Ja, tatsächlich, man fragte sich, wie er da hinkam, ein Konzertflügel, wie meine Mutter ihn nannte. Vor meiner Mutter entdeckte ich ihn. In dem rundlichen Kasten, dessen flacher Deckel wie der Flügel einer Krähe aussah und geöffnet war, saßen die Hühner. Wenn man den Staub und die Hühnerscheiße abwischte, war er ganz schwarz, glänzend schwarz. Als ich ihn das erste Mal öffnete und auf den weißen und schwarzen Tasten herumklimperte, wozu die Hühner, die ich verscheuchte, ein Mordsgezeter machten, stand plötzlich meine Mutter hinter mir. Sie starrte auf das Monstrum, beugte sich über mich, strich mit den Fingern vorsichtig, fast andächtig, über die Tasten, traute sich nicht, sie her-

unterzudrücken, wischte über den Tasten den Staub ab. Schimmel stand da auf der Unterseite des Deckels über den Tasten geschrieben, in goldener Schrift. Schimmel. Mein Gott, sagte sie, mein Gott, das gibt es ja nicht. Ganz und gar aufgeregt war sie und ging zum Haus hinüber.
Das Ding, sagte die Lammermutter, haben Städter im Krieg gebracht und dafür Butter, Eier, zwei Hühner und einen Sack Kartoffeln mitgenommen. Der Sepp sollte es jetzt endlich einmal zusammenhacken, das Scheißzeug, das verreckte, schimpft der Lammervater, das stehe doch nur im Weg herum und habe für niemanden einen Sinn.
Meine Mutter kam mit einem Lappen zurück und begann, die Tastatur zu säubern. An der Werkbank fand sie einen runden Stuhl ohne Lehne, einen Hocker, auf dem der Sepp saß, wenn er seine Figuren für den Maibaum schnitzte.
Eine halbe Stunde später saß meine Mutter auf dem Hocker und spielte. Die Lammers und mein Vater kamen zum Schuppen herüber, Nachbarn wurden von den ungewohnten Tönen angelockt, sogar der Veit kam und staunte. Ein Dutzend Menschen stand fast andächtig da und schaute und hörte meiner Mutter zu. Wir Kinder standen ganz vorne. Ich war stolz auf meine Mutter, wie sie sich da immer mutiger und entschlossener des Instruments bemächtigte. Es klang nicht wie die Musik, die wir sonntags manchmal im Radio hörten. Es klang kaum nach Musik, auch nicht wie das Ziehharmonikaspiel vom Sepp. Er ist völlig verstimmt, sagte meine Mutter, worunter ich mir nichts vorstellen konnte. Ich starrte gebannt auf die kleinen Hämmerchen und auf die Stahldrähte unter dem Flügeldeckel. Es war lustig, wie die vertrocknete Hühnerscheiße, kleine Bällchen, auf den Saiten herumsprang, solange meine Mutter spielte. Der ist sehr kostbar, sagte

meine Mutter, man muss ihn stimmen lassen. Als sie aufhörte zu spielen, die Hände auf die Knie legte und weiterhin auf die Tasten starrte, zollten ihr alle Respekt. Schaut nur, hört nur, was die Frau Seiler kann! Singen kann sie und Klavier spielen. Zum ersten Mal sah ich, dass mein Vater auf etwas stolz war, was meine Mutter tat.
Obwohl mein Vater in den nächsten Tagen die Idee entwickelte, dass man den Schimmel, wie er ihn fachmännisch nannte, stimmen ließ und die Mutter dann darauf Kindern das Klavierspielen beibringen sollte, gegen Bezahlung natürlich, hatte der Sepp mit dem Instrument etwas ganz anderes vor.

50

Eines Tages kommt ein Auto aus der Stadt in den Lammerhof. Piano-Koch Ankauf-Verkauf, steht auf dem Auto. Ein Mann steigt aus, geht mit dem Sepp in den Schuppen, begutachtet den Flügel, klimpert darauf herum und verhandelt danach in der Küche lange mit dem Lammervater und dem Sepp. Dann fährt er wieder weg. Ein paar Tage später laden sechs kräftige Männer unter Anleitung vom Sepp den Flügel auf den von ihm gebauten Tiefladeranhänger. Dann spannt der Sepp die Rösser ein und fährt zum Hof hinaus. Er fährt, sagt die Lammermutter, das Ding halt in die Stadt zurück, wo es hingehört. Meine Mutter sitzt mit Tränen in den Augen auf der Bank und schaut dem Treiben zu. So lustig das schwarze Gebilde auf dem Tieflader aussieht, auch ich bin irgendwie traurig und habe kein gutes Gefühl.

Auf einem Traktor, den leeren Anhänger hintendran, kommt der Sepp zurück. Es ist der erste Traktor in Hausen. Das ganze Dorf steht um ihn herum und begutachtet ihn. Es ist ein grüner Frosch mit runden Augen. Am nächsten Sonntag steht er mit Girlanden und Blumen geschmückt im Hof. Der Hochwürden kommt mit Weihrauch und Weihwasser und weiht ihn, was den Veit wieder einmal in seiner Ablehnung der Kirche bestätigt, denn es ist doch ein Teufelszeug, sagt er, das man nicht braucht. Die breiten Reifen, sagt er, die fahren doch die Felder kaputt wie die Panzer der Amerikaner. Und an die hügeligen Äcker kommt man doch mit dem Ding gar nicht hin, da braucht man doch ein Pferd.
Wo sind denn die Rösser?, frage ich den Sepp. Beim Metzger in der Stadt drin, sagt er und lacht. Ich muss weinen. Ich habe sie geliebt, diese warmen, großen, friedlichen Tiere.
Ja, Gott, sagt mein Vater, das ist die neue Zeit, und der Sepp denkt eben modern, und das ist auch gut so, das kann er sehr gut verstehen, mein Vater, denn das ist der Fortschritt, dem sich die Dörfler leider allzu oft verweigern.
Ich will keine neue Zeit und keinen Fortschritt. Ich will die Rösser wiederhaben. Der Einweihung des Traktors folgt ein rauschendes Fest. Der Bürgermeister aus Hetzenbach hält eine Rede, in der er den Sepp lobt, der in die Zukunft schaut, die Blaskapelle spielt, es wird getanzt und getrunken, und nicht wenige tragen am späten Abend einen tüchtigen Rausch nach Hause. Und der Sepp ist sehr stolz.
Später, als wir schon einige Jahre in unserem Haus leben, bekommt meine Mutter ein von der Berliner Großmutter

bezahltes Klavier. Jetzt bringt sie Dorfkindern das Klavierspielen bei. Ich verweigere alle ihre Bemühungen in diese Richtung, was ich später gelegentlich bereue.

51

Richtig ist es nicht, dass die Anna jetzt mit dem Kammermeier-Schorsch anbandelt, dachte die Lammermutter. Aber was wollte man machen gegen das, was halt das Fleisch einmal verlangte bei den jungen Leuten, wo sogar sie sich noch dran erinnern konnte, auch wenn das schon länger her ist und sie schon seit Jahren in der Stube schlief und nicht mehr beim Lammervater in der Schlafkammer drin. Seit sie ihn erwischt hat, wie er es im Stall hinten, auf einem Melkschemel stehend, bei einer Kuh getrieben hat, der Saukerl, der, seither konnte sie nicht mehr neben ihm liegen, und sie redete nur noch das Wichtigste mit ihm. Antworten auf Fragen, die er stellte, gab sie nicht mehr. Dass er in jungen Jahren, auch als sie schon die Kinder hatten, in den Dörfern rundum nichts ausgelassen hat, das war schlimm genug. Verflucht hat sie diese läufigen Schlampen, die alle bereit waren für ihn, wie Katzen, ja, wie läufige Katzen und er der Kater, wenn er nur eine von weitem gerochen hat, war er wie wild. Sogar Kinder hat er gemacht, Kuckuckskinder, wie viele, wusste keiner. Der Sauhund, der verreckte, den sie tausendmal schon zum Teufel gewünscht hat. Dass so einen der Herrgott nicht strafte. Den und alle die anderen, die auch, die zur Frieda gingen, die sollte doch der Herrgott strafen. Gab es denn keine Gerechtigkeit im Himmel? Sparte sich der Herr unser Gott alle seine Strafen für den Tag des jüngsten Gerichts auf? Sie wusste es nicht. Es war eh so eine Sache mit dem Verstehen von dem, was man glauben musste. Es war halt ein Kreuz, und man wusste ja nicht einmal, ob die ganzen gebeteten Rosenkränze und Gegrüßet-seist-du-Maria und die Vaterunser was halfen. Nein, man wusste es nicht, nichts wusste man, nur glauben sollte man, und man sah ja auch nichts, nur Elend und Söhne, die im Krieg den Tod fanden, das sah man und das ganze Gockeln der Männer und ihre Sauereien alle aufeinander. Es ist ein Kreuz, seufzte sie, und heimlich dachte sie, dass das alles vielleicht nur damit zu tun hatte, dass es alles Männer waren. Der Hochwürden, der Bischof, der Papst und Gott der Herr. Der Gedanke beruhigte sie, denn was sollte man von Männern schon mehr verlangen?

Der Kammermeier-Schorsch hatte ja schon immer ein Auge auf die Anna gehabt. Das hatte man im ganzen Dorf gewusst. Sie, die Anna, hatte sich aber für den Anton entschieden und ihn einen Tag, bevor er in den Krieg gegangen war, geheiratet. Für den Falschen hatte sie sich entschieden, dachte die Lammermutter, denn der Anton war vermisst, lebte vielleicht gar nicht mehr, und der Schorsch war gleich nach dem Krieg heimgekommen. Aber der Anstand hatte es verlangt, dass die Anna dem Werben des Heimgekehrten nicht nachgegeben hatte. Da hatte die Lammermutter schon aufgepasst. Aber jetzt, wo etliche Jahre vergangen waren und es hieß, dass da eh keiner mehr kommt aus Russland oder sonst woher, jetzt konnte man die Anna ja nicht einsperren, mein Gott. Heimlich ging es ja schon seit einiger Zeit zwischen der Anna und dem Schorsch. Aber was hieß denn schon heimlich da im Dorf? Was hieß das schon? Nichts hießt das. Heimlich war das,

was jeder wusste, aber keiner sagte. Das war wie mit dem toten Ingenieur damals im Weizenfeld. Jeder wusste, wer ihn erschlagen hatte, aber keiner sagte es. Und vom Herbert, dem Juden im Heu, wußte man auch im Dorf. Aber man schwieg.
Immerhin wusste die Anna noch, was sich gehört, und hatte es nicht wie die Eisenrieder'sche Klara gemacht, die sich von einem Ami einen Bankert eingefangen hatte und nicht einmal den Schreibnamen von dem Ami kannte, der schon über alle Berge davon war, auf Amerika.
Wenn sie nur nicht schwanger wurde, die Anna, vom Schorsch, so lange nicht alles seine Ordnung hatte, dass man nicht die Schande auch noch hatte.
Es könnte ja alles seine Ordnung haben, sagte die Anna.
Ja, wie denn?
Man kann den Anton totschreiben lassen.
Nein.
Das tun andere auch.
Einen totschreiben, der vielleicht noch lebt?
Für mich ist er so viel wie tot.
Für mich nicht, und es gehört sich nicht.
Wenn du nur immer weißt, was sich gehört.
Der Anton lebt.
Wie willst du das denn wissen, wo wir nie keine Nachricht bekommen haben, wo er ist, ob er überhaupt lebt?
Die heilige Maria Mutter Gottes hat es mir gesagt.
Was weiß denn die!?
Versündige dich nicht!
Schmarrn!
Als schon wieder Soldaten in deutsche Kasernen einzogen, kamen aus Russland vom Kanzler Adenauer geholte Männer zurück. Traurige Gestalten waren es, krank, müde,

kaum für ein Leben geeignet. Der Anton war nicht unter ihnen.
Die Anna ließ ihren Mann für tot schreiben und heiratete den Kammermeier-Schorsch, der einen kleinen Hof im Unterdorf hatte.
Jahre später, der Lammervater war ein paar Wochen vorher gestorben, stand eines Tages ein junger Mann vor der Lammermutter.
Es traf sie fast der Schlag, denn ihr war, als stünde der junge Anton vor ihr. Sie starrte ihn an, drehte sich um, rannte ins Haus und rief nach dem Sepp.
Der junge Mann kam aus Italien, hieß Antonio und erzählte, nachdem man ihn hereingebeten hatte, in gebrochenem, aber bairisch gefärbtem Deutsch folgende Geschichte:
1945, auf dem Rückmarsch, geriet die Truppe des Gefreiten Anton Pflügler in Norditalien, der Lombardei, in die Hände der Amerikaner. Alle Soldaten kamen in amerikanische Kriegsgefangenschaft. Anton gelang es, zu türmen und sich zu einem kleinen Dorf durchzuschlagen. Dort versteckte man ihn, bis der Krieg zu Ende war. Er verliebte sich in Rosanna, die Tochter eines Weinbauern, bekam mit ihr einen Sohn, heiratete, blieb da, arbeitete als Weinbauer, vergrößerte seine Familie, lernte die Sprache, wurde ein Italiener. Erst kurz vor seinem Tod erzählte er seinem ältesten Sohn Antonio Details über seine Herkunft.
Ich bin dieser Sohn. Ich bin Antonio Pflugler.
Dann – dann ist der Anton tot?
Mein Vater ist vor drei Monaten gestorben.
Der Herr verzeihe ihm seine Sünden und sei ihm gnädig, sagte die Lammermutter und bekreuzigte sich. Wenige Monate danach, als hätte sie nur noch auf diese Nachricht

gewartet, starb sie auch, folgte ihrem Mann, neben dem sie nicht einmal als Tote hatte liegen wollen, nach nur einem halben Jahr ins Grab.

52

Ja, dürfen jetzt die Heidenkinder auch schon Kreuzerl tragen!?, sagt die Lammermutter entrüstet, als sie vom Küchenfenster aus sieht, wie ich, stolz wie ein Kommunionkind oder ein Firmling oder ein Hochzeiterer, hinter dem Baldachin des Herrn Hochwürden hergehe, nein, feierlich schreite, das Kreuz tragend, hoch und sichtbar es haltend, das Kreuz, das gar nicht so leicht ist, das Kreuz mit dem Kreuzangenagelten, dem Rückenschwimmer, wie mein Vater ihn immer respektlos nennt. Nicht, dass die Lammermutter mich nicht mag, nein, sie ist mir ja tatsächlich wie eine Mutter, mehr als meine leibliche Mutter das ist. Aber es muss doch im Reich des Herrn, des Allmächtigen, alles seine Ordnung haben, sagt sie. Soll dich doch dein Vater taufen lassen, wenn er selber schon ein Gottloser ist. Ich bettle meine Eltern, mich taufen zu lassen. Ich möchte genauso katholisch sein wie der Benno und die Rosa und alle anderen. Das kommt nicht in Frage, sagt mein Vater, das kannst du dann selbst entscheiden, wenn du erwachsen bist.
Wenigstens darf ich das Kreuz tragen. Das tue ich sehr stolz.

53

Also, dass der Herr Hochwürden das zuließ, dass das Heidenkind das heilige Kreuz tragen durfte, das verstand die Lammermutter nicht. Das hätte es früher nicht gegeben, bei früheren Hochwürden, aber da hat es ja auch keine Heiden am Ort gegeben. Unsereiner, dachte sie, betet, hält sich an die Gebote, beichtet, wenn er verfehlt hat, hat die Kirchenzeitung, obwohl die, in vier Teile geschnitten und mit einem Loch und einer Schnur zu einem Block gebunden, im Abort nicht gerade ein gutes Scheißhauspapier hergibt. Zu glatt ist das Papier. Das Tagblatt ist viel besser dafür, obwohl man einen schwarzen Arsch davon bekommt. Unsereiner, dachte sie, führt ein christkatholisches Leben, und der Stellvertreter des Herrn, der Pfarrer, führt solche Neuerungen ein, wahrscheinlich nur, weil er heimlich mit dem Seiler schnapselt. Aber, mein Gott, was den Herrn Hochwürden betraf, dann steckte ja in dem der Teufel leibhaftig selber drin. Eine Geliebte soll er in der Stadt haben, sogar ein Kind mit ihr. Besser, dass man das nicht genau weiß, sonst müsste man ja glatt vom Glauben abfallen. Dieser Sündige im Gewand der Kirche wird seine Strafe schon bekommen, am Jüngsten Tag, im Fegefeuer, wenn nicht sogar in der Hölle selber. Das alles dachte die Lammermutter, und sie betete ein Vaterunser, wofür, für wen, warum genau, das wusste sie jetzt an und für sich nicht. Der Herr würde es sehen und hören und es ihr schon irgendwie als ein Guthaben auf dem ewigen Konto der Gnade und Vergebung anrechnen.

54

Die Firma, für die mein Vater seit einiger Zeit malzhaltige, gesunde Kindernahrung verkauft, macht Pleite. Wir wohnen bereits in unserem Haus und haben den Keller voll mit dem nicht mehr verkäuflichen, klebrigen Zeug in großen Blechdosen, ich muss das jetzt monatelang essen, ehe es dann doch verdorben ist, und der Vater hat wieder mal keine Arbeit, keinen Verdienst. In der Zeit bringt er mir das Schachspielen bei, das er im Krieg gelernt hat. Er gewinnt immer, was ihm, glaube ich, sehr wichtig ist. Dann hat er eine neue Arbeit. Er verkauft ein neues, speziell entwickeltes, als Patent angemeldetes Hühnerfutter, das aus Soja und getrocknetem peruanischen, zerriebenen Fisch besteht. Sieben Monate geht mein Vater diesem Geschäft nach, da aber kaum jemand das Zeug kaufen und füttern will, gibt er es eines Tages auf. Sieben Monate stinkt unser Haus nach diesem Futter. Nicht nur das Haus, auch meine Kleider stinken. Ich sitze in der Schulbank und rieche diesen peruanischen Fisch.
Ab sofort esse ich keinen Fisch mehr. Dabei habe ich so gerne die am Lagerfeuer gebratenen, von uns mit der Hand gefangenen Forellen gegessen. Vorbei.

55

Der Veit nannte einen wie meinen Vater einen Arbeitanschauer. Zwei linke Hände, von allem nur etwas Ahnung, eine Spur Bildung und Wissen, ein geöltes Mundwerk, Sprüche und Charme. Solche wie mein Vater wurden, wenn sie vom Dorf kamen, Viehhändler, wenn sie aus Berlin kamen, Vertreter. Mein Vater war Vertreter. Er hat schon alles Mögliche vertreten. Zurzeit war es dieses fischige Hühnerfutter.

Mein Vater konnte jedem, der ihn noch nicht kannte, das Gefühl vermitteln, dass er von allem etwas verstand und alles konnte. Damit er den Beweis dafür nie erbringen musste, aber auch der Lächerlichkeit des Gescheiterten nicht ausgesetzt war, erklärte er stets, dass er das Anliegende ja machen wollen würde, im Moment aber anderes, Wichtigeres zu tun und deswegen keine Zeit habe, dass es fatalerweise im Moment nur an seiner Überarbeitung liege, warum er nicht selbst Hand anlegte. Alle würden was von ihm wollen, an ihm zerren, er komme gar nicht mehr zur Ruhe, um sich den wirklich wichtigen Dingen des Lebens zuzuwenden.

Wer diese alle waren, das habe ich nie begriffen, denn jeder im Dorf kannte meinen Vater und verlangte deswegen auch nichts von ihm. Und was die von ihm beschworenen wirklich wichtigen Dinge des Lebens sein sollten, verstand ich auch nicht.

Manchmal unterstrich er seine erklärte Bereitschaft, zu helfen und zu handeln und die Dinge in Gang zu bringen, mit einem kurzen Handgriff. Er strich eine halbe Zaunlatte von den hundert zu streichenden, er machte zwei Spatenstiche, wo eine Grube auszuheben war, um den toten Hund zu begraben, oder er zeichnete mit dem Bleistift an, wo ein erster von vielen Nägeln einzuschlagen war. Dann klopfte er imaginären Staub von Händen, Jacke und Hose und ging eilig davon, vermeintlichen Geschäften folgend, die er jetzt, wie er sagte, fast vergessen hätte, die möglicherweise jene wirklich wichtigen Dinge des Lebens waren.

Dass er schon mit dem Einschlagen eines ersten Nagels überfordert war, das begriff ich erst, als er sich tatsächlich einmal anschickte, etwas zu bauen.
Der Lammer-Sepp, der vor kurzem den Hof übernommen hatte, ein ansonsten modern denkender Mensch, wie mein Vater sagte, weigerte sich, seine Hühner statt mit Körnern mit Vaters Futtermittel zu füttern. Fortan bezogen wir von ihm, der sich, was ansonsten gar nicht seine Art war, so schnöde dem Fortschritt verweigerte, keine Eier mehr. Vater beschloss: Wir werden selbst Hühner haben. Eines Tages brachte er vier Hühner und einen Hahn – den war er sich schuldig.
Aber wir haben ja gar keinen Hühnerstall, sagte meine Mutter entsetzt.
Dann bauen wir am Wochenende einen, triumphierte er.
Wer ist wir?, fragte meine Mutter.
Na ich – und der Junge kann mir zur Hand gehen.
Der arme Junge. Der wollte doch am Wochenende eine Fahrradtour mit seinem Freund machen.
Dann muss ich das eben alleine machen!, schrie mein Vater. Fahrradtour! Sonst noch was! Verdammt noch mal, man muss ja hier anscheinend alles selbst machen, kann sich auf niemanden verlassen. Wenn man schon einmal, ein einziges Mal etwas will, was dem Wohl der Familie dient, dann ist man verlassen, es ist zum Kotzen mit euch!
Wenn sich mein Vater unkontrolliert in eine Wut hin-einmanövrierte, weil nun alle Geschicke der Welt und dieser Familie an ihm hingen, erzeugte das bei ihm für kurze Zeit heftige und hektische Betriebsamkeit.
Es war Mitte der Woche, und ich sah mit Bangen dem Samstag entgegen, hoffend, dass sich Vaters Absicht in ein Nichts auflösen würde, wie das so oft der Fall war.

Er rechnete, plante, zeichnete, nahm Maß, fuhr in die Stadt, kaufte ein Buch über Hühnerhaltung, rechnete, zeichnete, plante und vermaß von neuem und verkündete nach drei Tagen: Der Stall ist quasi fertig, man muss ihn nur noch zusammenbauen. Aber dafür habe er nun nicht auch noch Zeit. Wochen vergingen. Die Hühner schissen den Keller voll, und Mutter war am Rande der Verzweiflung. Sie drohte mit Auszug, Weggehen, Trennung, Scheidung, und ich glaube, sogar mit Selbstmord. Damit bekam sie meinen Vater, der auf die Hühner auf keinen Fall verzichten wollte, so weit, dass der Bau des Stalles nunmehr in Angriff genommen werden sollte.
Es war ihm ernst.
Dieser Samstag, es war ein wunderschöner, heißer Sommertag, man hätte an den Baggersee fahren können, Freunde treffen, schwimmen, dieser Tag war dahin.
Schon am Freitag wurden Latten, Hühnerdraht, Bretter, Dachpappe und Nägel angeliefert.
Er ließ anliefern! Man hätte zumindest das Holz beim Schreiner Holzer holen können, aber die weigerten sich auch, ihre Hühner mit dem neumodischen Futter zu füttern. Also kamen die Materialien mit einem kleinen Lieferwagen, was meine Mutter mit einer für sie erstaunlich realistischen Bemerkung begleitete: Gott, was das alles kostet, dafür könnte man zehn Jahre lang Eier kaufen. Mein Vater wusste genau wie ich, dass sie recht hatte. Er hätte das aber nie zugegeben. Vielmehr wies er darauf hin, dass man bei den eigenen Eiern wisse, was drin ist, wogegen man bei den Bauern nie wisse, was die den Hühnern füttern. In den neun Monaten, die wir eigene Hühner hatten, wussten wir, da hatte mein Vater recht, was in den Eiern drin war: Sie schmeckten nach Fisch.

Am nächsten Morgen sollte es also losgehen, aus dem Tag am Baggersee wurde nichts, denn ich war als Handlanger eingeplant. Schon frühmorgens, etwa um sieben, ging mein Vater laut pfeifend, sich Mut machend und mich weckend, durchs Haus. Dann standen wir vor dem Material. Er ordnete an, legte die Latten zu abenteuerlichen Rechtecken zusammen, markierte vage Schnittstellen auf den Latten, verteilte Nägel und Werkzeug auf dem Boden, bereitete die Arbeit vor. Ich durchschaute blitzschnell die Situation, ich erkannte, dass er nicht wusste, wie man eine solche Arbeit beginnt, dass er zum Beispiel erst die Latten zusammennageln wollte, um sie dann an den Enden abzusägen. In mir brodelte etwas. Ich wollte ihn scheitern sehen, ich wollte Rache üben für die vielen Großspurigkeiten und nicht zuletzt für die verlorenen Schachpartien. Ich schützte ihn also nicht vor Fehlern, ich ließ ihn auflaufen und scheitern. Ich wusste, dass er hoffte, dass ich ihn von dieser Arbeit, der er jetzt nicht mehr entkam und die nicht die seine war, erlöste. Ich tat es nicht. Auf seiner Stirn standen Schweißperlen, er nahm den Hammer und einen meiner Meinung nach viel zu großen Nagel und setzte ihn da an, wo er zwei Leistenenden im rechten Winkel aufeinander nageln wollte. Jetzt sah ich etwas, das mir bis zu diesem Moment verborgen geblieben war. Mein Vater war tatsächlich so ungeschickt, dass er gar nicht wusste, wie man einen Hammer richtig in die Hand nimmt. Ich hatte bis zu diesem Zeitpunkt nicht geahnt, dass es einen erwachsenen Menschen gab, der das nicht konnte. Er scheiterte kläglich und klassisch: der erste Nagel, den er hineinschlug, spreizte beide Lattenenden so, dass sie sich spalteten, aufrissen, klaffende Holzwunden zeigten. Mein Vater fluchte, warf den Hammer hin, schimpfte auf das viel zu wenig abgelagerte Holz, auf den Hammer, auf die Nägel, auf die Hühner, die Eier und meine Mutter, die sich wegen der Hühner im Keller so anstellte.

Es wäre jetzt ein Leichtes für mich gewesen, das zu tun, worauf es ohnehin hinauslaufen würde: die Arbeit zu übernehmen, ihm die Möglichkeit zu geben, sich wichtigeren Dingen, zum Beispiel dem Gang in den Wirtsgarten, zuzuwenden. Ich hätte sagen können: Lass uns das Holz erst auf die entsprechenden Längen schneiden, lass uns eine gute Unterlage nehmen, auf der die Latten glatt aufliegen, und so fort. Aber ich war gemein, ich wollte meinen Triumph. Ich nahm den Hammer und einen kleineren Nagel, drehte den Nagel um, setzte ihn mit dem Kopf auf einen zweiten Hammer, der am Boden lag, und schlug mit meinem Hammer leicht auf die Nagelspitze. Das war der Schreinertrick, den ich beim Holzer gelernt hatte, der Trick, der verhinderte, dass das Holz sich spaltete. Dann legte ich als Unterlage ein Brettchen unter die beiden zu verbindenden Latten, damit sie nicht mehr federn konnten, setzte den Nagel an und trieb ihn hinein.

Ich sah und begriff, was jetzt in meinem Vater vorging. Für den Bruchteil einer Sekunde hatte er höhnisch gedacht: Mein Gott, er will den Nagel verkehrt herum hineinschlagen. Dann verstand er, dann staunte er, und ein kleines bewunderndes Lächeln, ein Anflug von Stolz und Anerkennung stand ihm im Gesicht. Doch das Bewusstsein um die Niederlage, das Nichtverlierenkönnen war stärker, zumal ich jetzt nachlegte. Ich erklärte, wie ich die Arbeit beginnen und weiterführen würde. Fahrig, als sei ihm gerade was ganz anderes, aber sehr Wichtiges eingefallen, hörte er zu und sagt dann: Na, wenn du eh Bescheid weißt, dann muss ich dir das ja nicht erklären, dann kannst du schon

mal weitermachen. Ich telefoniere noch mal in den Laden rüber und bestelle noch Maschendraht. Das ist zu wenig, denn wir müssen das Gehege auch obendrüber zumachen, wegen der Habichte, weißt du.
Ich weiß, sagte ich.
Ich wusste, dass es hier kaum Habichte gab, dass sie, wenn überhaupt, dann nur Küken holten und dass niemand hier einen Hühnerstall oben zugemacht hatte. Er ging und kam nicht wieder.
Spät in der Nacht, ich hatte bis zum Abend den Hühnerstall fertig, hatte wie besessen gearbeitet, hörte ich ihn betrunken die Treppe heraufttorkeln. Am nächsten Morgen, als ich noch Feinarbeiten an meinem Hühnerstall vornahm, schlief er seinen Rausch aus. Am Nachmittag kam er aus dem Haus, jetzt wieder ganz Arbeitanschauer. Er zelebrierte seinen Auftritt. Langsam ging er um den Stall herum, machte das Tor auf und zu, machte sichtbar, ohne es zu kommentieren, dass der Riegel etwas streng ging, rüttelte an dem Stall, wie kein Wind je daran rütteln würde, überprüfte die Nägel, fand schließlich einen Nagel, den ich vergessen hatte, ganz reinzuschlagen, nahm den Hammer und schlug den Nagel den halben Zentimeter, den er noch herausstand, hinein, so, als sei dieser Nagel nun der wichtigste, quasi der Nagel des Goldenen Schnitts unseres Hühnerstalls gewesen, als hielte dieser Nagel alles zusammen, als habe diese Arbeit erst jetzt den Segen der Götter bekommen, beziehungsweise des Gottes, der er war. Dann schüttelte er den dadurch auf seine Hände geratenen imaginären Staub ab, auch von Hose und Jacke, nickte und gab seine Art Lob von sich: Tadellose Arbeit, das hätte ich selbst nicht besser machen können. Und er sagte etwas, worüber ich schon immer lachen musste: Ich

sag ja immer, wenn du gut aufpasst, dann kannst du viel von mir lernen.
Das tat meinem Triumph keinen Abbruch. Ich war stolz, und er war fortan vorsichtiger, so dass es mir danach nicht mehr so leicht gelang, ihm gegenüber aufzutrumpfen.

56

Nach der Schule, ich gehe bereits in der Kreisstadt aufs Gymnasium, spiele ich oft mit stärkeren Gegnern Schach, lerne von ihnen, beteilige mich an Schulmeisterschaften und werde ein ganz guter Spieler. Nachdem wir sicher ein halbes Jahr nicht mehr gegeneinander gespielt haben, fordere ich eines Tages meinen Vater zu einer Partie Schach auf. Arglos lässt er sich darauf ein, und ich schlage ihn. Er hält das für Zufall und die Folge dessen, dass er lange nicht gespielt hat. Ich schlage ihn ein zweites Mal. Das ist die letzte Partie, die wir je zu Ende spielen, die dritte wirft er um, als er merkt, dass er wieder verlieren wird. Er sagt, dass er wahrlich Wichtigeres zu tun habe, als Schach zu spielen. Es tut mir später leid, dass ich ihn nicht habe gewinnen lassen. Es hat doch gereicht, dass er weiß, dass ich weiß, dass er einen Hammer nicht richtig in die Hand nehmen kann, um einen Nagel in ein Brett zu schlagen.
Als ich ein paar Tage später dem Veit meinen Hühnerstall zeige, sagt er, dass das der schönste und beste Hühnerstall ist, den er je gesehen hat, und dass ich einmal ein Hühnerstallbauer werden könnte, wie er ein Sensendengler ist, wenn ich nur endlich das mit dem Gymnasium lassen würde. Schaff mit den Händen an, Bub, nicht mit dem Hirn.

Ich freue mich, dass dem Veit mein Hühnerstall gefällt, und gehe weiter auf die Schule, meiner Mutter zuliebe.

57

Der Stier vom Wirt geht auf die Kuh, und der Veit hilft ihm dabei. Der Saubär geht auf die Sau, der Hengst auf die Stute, der Gockel auf die Hühner, und die Kater gehen auf die Katzen, und sie machen einen rechten Lärm dabei. Die Hunde machen es und auch die Vögel, nach denen man es bei uns benennt. Mein Vater macht es, glaube ich, mit meiner Mutter, und mit der Wirtin aus Hetzenbach macht er es auch, am Samstagabend, zwischendrin, wenn er drüben mit den Bauern Geschäftliches zu besprechen hat. Der Lammer macht es mit der Lammerin, glaube ich, und der Kranz-Toni macht es mit der Müllner-Lisa, seiner Verlobten, oben am Wald auf der Wiese. Der Benno und ich haben sie beobachtet dabei. Einige Burschen und ältere Bauern machen es mit der Frieda, die es mit vielen macht, in der Scheune vom Stadler, wo die Frieda Magd ist. In der Scheune können wir nichts sehen, nur hören, wenn die Frieda zu einem sagt, dass er schneller machen soll, weil ja andere auch noch drankommen wollen. Der Hochwürden macht es angeblich mit einer Frau in der Stadt. Der Lehrer macht es mit der Frau Lehrer und hat deswegen fünf Kinder. Die Frieda hat auch davon ein Kind gekriegt, von wem, weiß sie nicht, das verkauft sie an Amerikaner.
Ob mein Vater meine Mutter und die Wirtin von Hetzenbach, der Lehrer seine Frau, die Frieda alle die Männer liebt, weiß ich nicht. Ich liebe die Rosa, die in der Schule

vor mir sitzt und nicht nur die schönsten Hakelstecken gemalt hat, sondern auch die schönste Schrift von allen hat. Ich sitze hinter ihr, schaue auf die gekräuselten Haare zwischen ihren Zöpfen, die zarte Haut, die so gut riecht, was ich mir zumindest einbilde. Ich möchte sie dort küssen, einmal wenigstens, aber ich traue mich nicht. Manchmal spiele ich mit dem Griffel, berühre die Haare. Das merkt sie in ihrem Eifer des Schreibens gar nicht, die Rosa. Ob sie mich auch liebt, weiß ich nicht. Sie fragen, das traue ich mich nicht. Ich verstehe noch nichts von der Liebe. Ich glaube aber, dass das, was ich für die Rosa und die Lammermutter und den Lammer-Sepp und den Veit und den Messmer-Ludwig verspüre, diese Freude, wenn ich in ihrer Nähe bin, dass das eventuell Liebe ist. Das heißt, dass ich meinen Vater nicht liebe, weil ich nicht gerne in seiner Nähe bin. Meine Mutter liebe ich manchmal schon. Meistens liebe ich sie, wenn sie weint. Sie weint, wenn mein Vater sie anschreit, die Türen knallt und weggeht, in die Wirtschaft oder zum Hochwürden zum Schnapssaufen oder zur Wirtin von Hetzenbach. Wenn sie dann nicht mehr weint, dann redet meine Mutter vor sich hin, sagt das, was sie sagt, gar nicht zu mir. Wie schön das Leben in ihrer Jugend in Berlin war, sagt sie, was für eine Sehnsucht sie danach hat und wie sie das Dorf hasst, und dass sie irgendwann ganz sicher wegrennt, was sie längst getan hätte, wenn ich nicht wäre. Ich denke dann, sie könnte doch gehen und mich mitnehmen. Aber dann müsste ich ja von hier weg, nach Berlin, in eine Stadt. Nein, ich bin schon froh, dass meine Mutter da bleibt, denn ich hasse das Dorf nicht, und Berlin kenne ich ja nur von den Besuchen bei der Großmutter, Berlin mit den vielen Tanten und Onkeln, die gar nicht mit uns verwandt sind.

58

Als wir gerade in das Haus gezogen waren, die Schuhschachtel, von der ich keine Fotografie habe, wurde meine Mutter krank. Sie musste ins Krankenhaus zur Operation und danach drei Monate auf eine Kur am Bodensee. Mein Vater sagte, dass er sich um mich nicht kümmern könne. Ich kann doch beim Lammer wohnen in der Zeit, sagte ich. Das lehnte mein Vater ab, und er brachte mich in die Kreisstadt, wo ich für drei Monate im Waisenhaus bei Klosterschwestern leben musste.
Die Zeit geht auch vorbei, sagte der Veit, bei dem ich mich ausweinte. Die Lammermutter sagte: Im Kloster drin, da machen sie dich katholisch; ist auch das Beste für dich. Weihnachten bist du wieder da, versprach mir mein Vater, und Mutter auch, aber jetzt stell dich nicht so an.
An einem frühen Sonntagmorgen ging ich hinter dem Vater her durchs Moos zum Bahnhof, sechs Kilometer, die Strecke, die ich ein paar Jahre später täglich mit dem Fahrrad fahren musste, um zum Gymnasium zu kommen. Mein Vater konnte angeblich wegen einer Kriegsverletzung nicht Fahrrad fahren, also gingen wir zu Fuß. Er ging schnell, wie immer, und ich hatte Mühe, ihm zu folgen. Er trug einen Koffer mit meinen Sachen. Ich weinte. Ich wollte nicht ins Waisenhaus. Drei Monate nicht hinter der Rosa sitzen, das konnte ich nicht. Drei Monate den Veit, die Schreinerei, das Paradies nicht sehen, nein, das ging nicht. Was sollte ich im Waisenhaus? Ich war doch kein Waisenkind. Vater, ich hasse dich!
Im Zug war mein Vater schweigsam. Beide schauten wir zum Fenster hinaus. Scharen von Menschen auf Kartoffelfeldern, die Ernte einholend, flogen vorbei. Dort der Zwie-

belturm unserer Kirche, dann Wiesen, Wald, andere Dörfer mit ihren Kirchen. Dörfer, in denen ich noch nie gewesen war, deren Namen ich gar nicht kannte. Schon einmal waren wir mit diesem Zug diese Strecke gefahren. Da war meine Mutter dabei. Sie brachten mich ins Krankenhaus, um mir die Mandeln rausnehmen zu lassen. Damals war mein Vater lustig. Er machte Scherze, nannte die Namen aller Dörfer und sogar Namen von Menschen, die wir vom Zugfenster aus sahen. Ich bewunderte ihn dafür, dass er alle diese Leute kannte: Ach, da schau, da ist ja der Herr Doktor Freud. Da, der Herr Adenauer und der Herr Hindenburg auf Fahrrädern! Hallo, Herr May, was machen Sie denn hier in Radebeul!? Da erwischte ich meinen Vater, denn der Ort, in dem der Zug hielt und der bärtige Mann ausstieg, den mein Vater Herr May nannte, hieß Vötting, nicht Radebeul. Ich sah ja das Ortsschild. Du lügst, rief ich. Er gab es zu und lachte, und wir erfanden seltsame Namen für Orte und Menschen, so dass uns meine Mutter langsam für verrückt hielt und ich gar nicht mehr daran dachte, was mir bevorstand.

Damals war mein Vater ein lustiger und fröhlicher Vater gewesen. Jetzt war er stumm, hing seinen Gedanken nach, in denen sicher eine Menge Sorgen herumgeisterten.

Papa?

Du, Papa?

Herrgott ja, was ist denn?

Stirbt die Mama?

Aber nein.

Woher weißt du das denn?

Ich weiß es eben.

Und wenn sie aber doch stirbt?

Pass auf. Wenn du dort im Waisenhaus brav bist und nicht

weinst und nicht Heimweh hast, dann stirbt die Mama auch nicht, das verspreche ich dir.
Brav war ich im Waisenhaus, aber ich weinte oft und hatte Heimweh. Nach dem Dorf, der Rosa, dem Lammerhof, dem Veit hatte ich Heimweh. Ich hatte viel Heimweh, fast immer hatte ich Heimweh, so viel Heimweh, dass meine Mutter oft hätte sterben müssen. Aber sie starb trotzdem nicht.
Den Duft der Wiesen und Ställe, den grenzenlosen Spielplatz des Dorfes, die Küche der Lammermutter, die Schule mit allen acht Klassen in einem Raum, den Veit, das alles tauschte ich nun gegen Kernseife, Bohnerwachs und Weihrauch, gegen Speisesaal, Schlafsaal, Klosterkirche und Klosterhof, gegen sechzig Knaben zwischen sechs und vierzehn Jahren und ein Dutzend Klosterschwestern.
Vollwaisen, Halbwaisen, ausgesetzte, verlassene, abgeschobene, vergessene Kinder wurden hier im Namen Gottes hinter verschlossenen Toren gehalten, wie man im Dorf nicht einmal das Vieh hielt. Das durfte sich wenigstens auf den Wiesen tummeln. Die Waisenkinder durften das nicht.

59

Fünf Uhr in der Frühe, jeden Tag, auch am Sonntag. Eine schrille Glocke zerreißt den Schlaf. Grelles Licht empfängt den Aufwachenden. Jetzt schnell aus dem Bett springen und davorstehen wie ein Soldat. Dem Jungen, der nicht dasteht, wenn die Schwester zur Bettnässerkontrolle kommt, wird die Bettdecke weggerissen, und er hat sich nach dem Duschen mit den Bettnässern zusammen bei einer anderen Schwester zu melden. Die Bettnässer, das sind immer ein paar unter den sechzig Kindern zwischen sechs und vierzehn Jahren, müssen ihr Laken abziehen und werden damit abgeführt. Die anderen haben ihr Bett zu machen. Das wird von mehreren Schwestern kontrolliert. Dann ab zum Duschen, das zwar Duschen heißt, aber doch eher dem Reinigen der Tiere im Lammerhof ähnelt, wenn der Sepp die Kühe abspritzt, ihnen die Scheiße vom Hintern und den Beinen entfernt.

Nebeneinander müssen wir uns nackt vor einer Fliesenwand aufstellen und werden von Schwestern mit einem Wasserschlauch von oben bis unten mit kaltem Wasser abgespritzt. Dass sie gerne mit dem harten Strahl da hinspritzen, wo es weh tut, entgeht mir nicht. Eine Schwester kichert sogar dabei. Der Sepp passt bei den Kühen auf, dass er mit dem Strahl nicht an die Euter der Kühe kommt, weil ihnen das weh tut, wie er sagt. Aus einem Nebenraum hören wir Schreie. Dort werden die Bettnässer und die Zuspätaufsteher mit einem Rohrstock auf den nackten, nassen Hintern bestraft. Jeden Tag dasselbe, und es sind bei den Bettnässern immer die Gleichen. Sie haben so große Angst davor, wieder und wieder ins Bett zu machen, dass sie sich heimlich ihre Zipfel vorne mit einer Schnur zubinden. Das tut, wenn man dann doch muss, weh, sagt der kleine sechsjährige Werner neben mir, der so schmal und dünn ist wie ein Vierjähriger und jeden Tag ins Bett macht und jeden Tag dafür gezüchtigt wird. Sein Hintern ist schon ganz blau. Schon fünfmal ist der Werner, der keine Eltern mehr hat, davongelaufen. Immer wieder hat ihn die Polizei zurückgebracht. Er würde gerne zu seiner Oma kommen, von der er immer erzählt, die ihn aber noch nie besucht hat. Die lebt in Frankfurt, sagt er, oder in Köln. Da will er hin, aber er kommt über die Kreisstadt nie hinaus. Immer wieder fangen sie ihn ein und bringen ihn zurück, und er wird geschlagen, dass man seine Schreie durch das ganze Gebäude hört. Vielleicht gibt es die Oma gar nicht, und er hat sie sich nur ausgedacht, damit er irgendjemanden hat auf der Welt.

Um halb sechs müssen wir angezogen in Reih und Glied, wie die Schwester sagt, in der Halle stehen, fertig zum Kirchgang. Unter Bewachung marschieren wir über den Klosterhof zur Klosterkirche. Am Wegesrand müssen die Bettnässer stehen und ihre Betttücher hochhalten und sich schämen. Sie dürfen nicht in die Kirche gehen, weil sie ja Sündige und Befleckte sind und als solche Gott dem Herrn nicht unter die Augen kommen dürfen. Sie müssen in der Zeit, in der wir in der Kirche sind, ihre Laken auswaschen.

Eine Dreiviertelstunde knie ich in der kalten Klosterkirche auf harter Holzbank und höre und schaue der von einem alten Pfarrer, der eine Glatze hat, gehaltenen Messe zu. Was mir daheim eine Freude ist, das Gewand des Hochwürden und der Ministranten, das Orgelspiel und der Weihrauchduft, die andächtigen Gesichter der Menschen, die zur Heiligen Kommunion nach vorne kommen, die Gebete, Predigten und Lieder, die Kreuzwegbilder, das Gold des Altars, das Geheimnis des Allerheiligsten, all das ist mir hier eine Qual. Wäre die Züchtigung mit dem Rohrstock nicht, ich würde extra ins Bett machen, um nicht in die Kirche zu müssen.

Der Veit sagt, dass es den Herrgott gar nicht gibt. Ich glaube jetzt, dass es zwei Götter gibt. Den einen, der bei uns draußen im Dorf in der Kirche wohnt und für gute Ernten und gesunde Viecher sorgt und dessen Stellvertreter der gütige Herr Hochwürden ist. Und es gibt diesen Gott hier, der Waisenkinder, wenn sie keine Bettnässer sind, und Klosterschwestern täglich in seine Kirche zwingt, der zulässt, dass kleine Kinder geschlagen werden, Kinder, die keine Mutter und keinen Vater haben und schon gar nicht eine Lammermutter oder einen Veit. Ich mag den Gott der Waisen und der Klosterschwestern nicht, dem zu Ehren sie jeden Tag diese Oblaten essen, was das Fleisch oder das Blut Christi oder so was sein soll. Und ich mag diese Klosterschwestern nicht, diese Elstern, die streng und böse dreinblicken, als seien alle Menschen schuld daran, dass sie immer diese schwarzweißen Sachen anhaben müssen, als wollten sie uns bestrafen dafür, dass sie jeden Tag in die Kirche gehen müssen und dass sie sich nicht wie die Frauen bei uns auf dem Dorf zu einem Mann legen dürfen, damit sie Kinder kriegen. Da hat es bei uns jede Kuh besser.

Im Waisenhaus machen sie dich katholisch, hat die Lammermutter gesagt. Das glaube ich nicht.

Nach dem Kirchgang gibt es im großen Saal Milchkaffee und ein Marmeladebrot, und dann heißt es antreten zum Schulgang. Zu zweit nebeneinander, wie schon beim Kirchgang, marschieren wir in die Stadt, wo uns die begleitende Schwester in der großen Volksschule abgibt, wo Hunderte von Kindern sind und ich mit lauter Gleichaltrigen in einer Klasse bin, nicht wie auf dem Dorf daheim, wo alle acht Klassen in einem Raum sind. Der Lehrer ist streng und unfreundlich. Die Waisenkinder darf er schlagen, die anderen Kinder nicht. Irgendwer muss ihm gesagt haben, dass ich kein Waisenkind bin, denn er schlägt mich nicht. Die Stadtkinder lerne ich nicht kennen. Sie sitzen alle auf einer Seite, und im Pausenhof sind sie unter sich. Ich glaube, sie dürfen mit den Waisenkindern nicht reden. Nach der Schule holt uns die Schwester wieder ab und bringt uns

zurück ins Waisenhaus. Von der Stadt sehen wir nur, was auf diesem täglichen Weg liegt. Dann gibt es Mittagessen im großen Saal. Es schmeckt mir meistens nicht, und ich habe Sehnsucht nach der Küche der Lammermutter und nach der Scheune und dem Schuppen und dem Bienenhaus, nach den Wiesen und Feldern, den Tieren, den anderen Kindern, nach der Lammermutter, dem Lammervater, dem Sepp und seiner Ziehharmonika, nach dem Veit und nach dem Messmer-Ludwig und nach meiner Mutter auch, sogar nach dem Lehrer Geißreiter, nach dem Benno, ach, und nach der Rosa.
Und wenn die Mutter stirbt, weil ich Heimweh habe, dann kann ich doch nichts dafür.
Nach dem Essen wird man zu Arbeiten eingeteilt. Abwaschen, Kartoffeln schälen, Flure fegen und wischen, Hof fegen, Herbst ist es und die Kastanien im Hof verlieren Blätter und Früchte. Einmal werde ich zur Gartenschwester eingeteilt. Aus der weißen Haube schaut ein freundliches, liebes Gesicht hervor. Sie ist noch jung, denke ich, und sie ist ganz anders als alle anderen Schwestern. Sie spricht mit einem und befiehlt nicht, sie zeigt einem, wie man Unkraut rauszieht, Blumen zurückschneidet, alles das, was meine Eltern zu Hause machen und was mich noch nie interessiert hat. Sie streicht mir manchmal über den Kopf, fragt nach meinem Zuhause. Sie erzählt, dass sie von einem Bauernhof abstammt und dass sie ihr Leben in die Hände des Herrn Jesus Christus gelegt hat, mit dem sie verlobt ist, und dass das aber ein ganz anderes Verlobtsein ist als das Verlobtsein draußen vor den Toren des Klosters. Ich verstehe das nicht, wie vieles, was sie sagt über Gott und Maria und Jesus und all die Heiligen.
Hier, im Klostergarten zu arbeiten, ist meine Lieblings-

beschäftigung, bis eines Tages etwas passiert. Ich schneide mit einer Schere die letzten verblühten Rosen ab. Eine späte Rose, die nur halb aufgegangen ist, bringe ich der Gartenschwester, die auf einem Schemel sitzt und Tulpenzwiebeln sortiert. Sie lächelt, als ich ihr die Rose bringe. Sie ist schön, wie sie an der Rose riecht, und ich würde sie jetzt gerne mit ihren Haaren sehen. Ich weiß nicht einmal, ob sie blonde oder braune oder schwarze Haare hat. Ich glaube, die Schwestern haben Glatzen unter ihren Hauben. Sie nimmt meine Hand, hält sie fest, hält mir mit der anderen Hand die Rose unter die Nase, die stark duftet, zieht dann meine Hand unter ihren Rock und zwischen ihre Beine. Sie hat nichts darunter an, ich spüre Haare, Feuchtigkeit, Wärme. Trau dich nur, sagt sie und schließt die Augen. Ich ziehe meine Hand weg und laufe davon. Ich bin verwirrt, wütend und enttäuscht. Soll sie das doch mit ihrem Verlobten machen, denke ich. Wenn ich danach wieder für den Garten eingeteilt bin, ist sie abweisend und schroff, wie die anderen Schwestern auch.
Nach der Arbeit müssen wir im großen Saal Hausaufgaben machen, die von einer besonders strengen Schwester beaufsichtigt werden. Zwei Stunden muss man sitzen, auch wenn man mit den Hausaufgaben nach einer halben Stunde fertig ist. Jetzt könnte man auf der Pfarrerwiese Fußball spielen oder in der Moosach Forellen fangen und am Lagerfeuer sitzen, man könnte Räuber und Gendarm spielen oder Ochs am Berg. Man könnte in der Schreinerei sein, wo man gerade einen Schrank zusammenbaut, oder man könnte beim Messmer-Ludwig sitzen und ihm zuhören, wie er vom Meer erzählt, und der Veit könnte dabeisitzen und sagen, dass der Ludwig so schön vom Meer spricht, dass man es rauschen hört. Ich höre das Rauschen,

es ist der Herbst in den Kastanien vor dem hohen Fenster des Saales. Ich hab Heimweh. Jeden Tag. Immer.
Schon ist es Abend. Draußen ist es dunkel. Die Lichter der Stadt sehe ich wegen der hohen Mauer nicht. So, denke ich, muss es in einem Gefängnis sein. Nach den Hausaufgaben gibt es Abendessen, das Aufgewärmte vom Mittagessen. Dass die Klosterschwestern dasselbe essen wie wir, tröstet mich. Danach ist Andacht, wieder in der kalten Kirche, eine halbe Stunde lang. Daran dürfen jetzt auch die Bettnässer der letzten Nacht teilnehmen. Dann marschieren wir zurück ins Haupthaus und ab in den Schlafsaal und ins Bett. Um acht ist Nachtruhe. Manchmal kann ich nicht einschlafen, bin nicht müde, wovon auch, und denke an die Rosa.

60

So ging das zehn Wochen. Jeden Morgen um fünf Uhr früh zerriss eine Glocke den Schlaf. Dreimal besuchte mich mein Vater, wir gingen Eis essen, er sagte, dass es der Mutter gutgehe und sie mich liebhabe, wie er übrigens auch. Ich fragte ihn, ob der kleine Werner, der doch keine Eltern habe und wahrscheinlich nicht einmal eine Oma, ob der nicht bei uns wohnen könnte. Das fehlte ihm gerade noch, meinem Vater, noch so einen Treibauf mit durchfüttern müssen. Der habe es doch schön im Waisenhaus, anderen Kindern gehe es viel schlechter, die müssten hungern. Ich würde es doch selbst erleben, wie gut es einem im Waisenhaus gehe. Mein Vater wollte, dass es schön war im Waisenhaus und dass es mir dort gutging, darum fragte er mich nicht, wie es war, und ich erzählte auch nichts. So musste er sich keine Sorgen machen und keine Vorwürfe, dass er mich aus Bequemlichkeit zehn Wochen lang abgeschoben hatte.

61

Am 6. Dezember ist große Aufregung. Der Nikolaus, heißt es, wird direkt vom Himmel zu den Waisenkindern kommen. Am Nachmittag müssen wir uns im Hof aufstellen, wieder geordnet in Reih und Glied, wie Soldaten. Motorenlärm kommt auf, dann Wind. Ein Hubschrauber der Amis landet im Klosterhof. Wir sind sehr aufgeregt. Aus dem Hubschrauber kommt der Nikolaus in rotem Mantel und mit Zipfelmütze. Er hat einen großen Sack bei sich. Ein Lastwagen der Amis ist in den Hof gefahren, ebenfalls mit Säcken beladen. Soldaten springen vom Lastwagen. Sie haben Uniformen an und Nikolausmützen auf. Sie lachen und schreien gegen den Motor des Hubschraubers an. Sie reden amerikanisch. Die Oberschwester begrüßt den Nikolaus. Dann verteilen die Soldaten Geschenke aus den Säcken. Ich bekomme eine Tafel Schokolade und ein Halma-Spiel. Nach etwa einer Viertelstunde ist es vorbei. Der Lastwagen fährt mit den Soldaten ab, und der Nikolaus verschwindet mit dem Hubschrauber in den Wolken. Wir müssen in den großen Saal gehen. Die Schokoladetafeln werden eingesammelt. In den nächsten Tagen bekommen wir zwei, drei Stücke pro Tag. Alle haben irgendwelche Spiele bekommen. Große Freude herrscht. Wir dürfen nach der Abendandacht eine Stunde mit den Sachen spielen, dann werden sie auch eingesammelt. Wir sehen sie nie wieder. Als mich mein Vater eine Woche später für immer nach Hause holt, will ich mein Halma-Spiel haben. Das gehört dem Haus, sagt die Schwester, nicht den Kindern. Ich quengele, sehe das nicht ein, das hat doch der Ami-Nikolaus mir geschenkt. Doch mein Vater zieht mich mit sich. Die Aussicht, in einer Stunde wieder im Dorf zu sein, überwiegt die Enttäuschung. Wir gehen. Ein paar Kinder winken. Der kleine Werner steht da und weint. Ich hab ihm vorher noch gesagt, er soll weglaufen und zu uns kommen. Ich hab ihm den Weg beschrieben. Wenn er erst mal da ist, denke ich, dann wird meine Mutter ihn nicht mehr wegschicken.

62

Er kam nicht, und ich hörte nie mehr etwas von ihm.
Als ich ein paar Jahre später auf dem Gymnasium war, ging ich manchmal an der hohen Mauer des Waisenhauses entlang. Ich sah, was mir damals gar nicht aufgefallen war, dass alle Fenster des großen Hauses vergittert waren. Es war tatsächlich ein Gefängnis.
Endlich war ich wieder daheim, hatte mein Hausen wieder. Es war eine Woche vor Weihnachten. Beim Holzer drechselte der Martin-Junior Eisstöcke, auf der Dorfstraße schüttete der Veit Wasser aus, damit man eine gute Eisfläche bekam fürs Eisstockschießen, und in der Kirche bauten die Ministranten die Krippe mit den lebensgroßen Figuren auf.
Wie war es im Waisenhaus?, wollte der Veit wissen. Ich erzählte ihm und merkte, wie in ihm eine Wut auf die Klosterschwestern hochstieg. Ich kannte einmal eine, sagte er,

als ich jung war, die war die jüngste Tochter eines Bauern, hätte jeden Burschen als Mann kriegen können. Sie ist ins Kloster gegangen. Und was war sie da am Ende? Schwester Hühnerfütterin! Er lachte.
Mein Vater wollte es nicht wissen, wie es im Waisenhaus war. Meine Mutter war blass und still, und ich hörte, wie sie zur Lammermutter sagte, dass sie eigentlich gerne gestorben wäre. Ich weinte und konnte ihr nicht sagen, warum. Stundenlang saß sie auf einem Stuhl und schaute in den Garten. Sie spielte nicht mehr Klavier, sie fotografierte nicht mehr, sie fuhr nicht mehr mittwochs mit dem Bus mit den anderen Flüchtlingsfrauen in die Stadt. Mein Vater war kaum mehr zu Hause. Geschäfte, sagte er, aber keiner wusste etwas davon, dass Herbert Seiler irgendwelchen Geschäften nachgegangen wäre, die eine solche stetige Abwesenheit von zu Hause rechtfertigen konnten. Meine Eltern redeten auch nicht mehr miteinander. Stumm schoben sie sich beim sonntäglichen Frühstück, das sie wohl mir zuliebe noch aufrechterhielten, Butter, Honig und Marmelade zu.
Habt ihr euch nicht mehr lieb, wollte ich fragen, aber ich hatte Angst vor der Antwort. Also schwieg ich auch. Nach meiner Zeit im Waisenhaus fragten sie nicht. Es war, als hätte es die gar nicht gegeben. Ich war froh, dass es den Veit gab, dem ich alles erzählen konnte, nein, nicht alles, das mit der Gartenschwester erzählte ich ihm nicht. Ich schämte mich. Gelegentlich fragte mein Vater meine Mutter das eine oder andere, und er konnte sich nur mit Mühe beherrschen, keinen Wutausbruch zu bekommen, wenn er von ihr keine Antwort bekam. Sie schwieg beharrlich. Meistens verließ er nach einem solchen Frühstück grußlos das Haus. Dann seufzte meine Mutter, beachtete mich

nicht weiter und machte stumm ihre Hausarbeit. Wenn Vater nach Hause kam, oft betrunken, polterte er die Treppe hoch, ging ins Schlafzimmer und fiel so aufs Bett, dass ich dachte, es müsste zusammenbrechen. Manchmal hörte ich nachts flehende Bitten meiner Mutter, sie in Ruhe zu lassen. So viel wusste ich schon, dass er das mit ihr machte, was der Benno und ich beim Kranz-Toni und der Müllner-Lisa am Wald oben beobachtet hatten. Aber die Lisa hatte nicht geweint und gebeten, dass der Toni sie in Ruhe lassen sollte.

63

Jeden Abend kommt meine Mutter jetzt an mein Bett, klopft mein Kissen zurecht, nimmt mich in die Arme und gibt mir einen Kuss. Das hat sie vorher noch nie getan. Ich liege im Dunkeln und rieche am Kissen. Es riecht nach ihr. Ich hab sie lieb und bin froh, dass sie nicht gestorben ist, obwohl ich so viel Heimweh gehabt habe.
Erster Schnee kommt, wir können Schlitten fahren. Aus der Bahn, Zitronenmann, hinten hängt der Teufel dran!, rufen wir und sausen den Hügel an der Hölle hinunter. Die Hölle ist eine dicht bewachsene Schlucht, an der Straße nach Hetzenbach gelegen. Sie heißt Hölle, weil es in ihr unheimlich ist und jeder Angst hat, sie zu betreten. Vor dem Krieg sind dort drei Bauern erschlagen worden, niemand weiß, von wem, von fremden Landarbeitern vielleicht. Die Lammermutter sagt, dass dort der Eingang zur Hölle ist und dass die Bauern ganz sicher vom Teufel persönlich erschlagen worden sind. Wenn man an der Hölle

vorbeigeht, sagt sie, muss man sich dreimal bekreuzigen. Sie geht gar nicht erst vorbei. Dass sich mein Vater, wenn er zur Wirtin nach Hetzenbach geht, jedes Mal dreimal bekreuzigt, das glaube ich nicht. Der Hügel über der Hölle ist der steilste Hügel bei uns. Dort fahren wir Schlitten.

64

Endlich, nach den Weihnachtsferien, saß ich wieder in der Schule, wo es nach Stallmist roch und manchmal nach Kohlengas. Wir riefen laut Kohlengas, Herr Lehrer, Kohlengas, dem Benno ist schon ganz schwindelig! Dann rissen wir alle Fenster auf und wurden in den Hof geschickt. Die Älteren mußten für den Lehrer Holz hacken, die Jüngeren die Geißen füttern oder bei der Sau ausmisten.
Wieder saß ich hinter der Rosa und sah ihre kleinen Löckchen zwischen ihren Zöpfen. Ich steckte meine Nase hinein und versuchte so was wie einen Kuss. Sie schlug nach mir, aber gar nicht fest, gar nicht so, wie wenn es ihr nicht gefallen hätte, und sie bekam einen ganz roten Kopf. Ich glaubte, sie liebte mich auch.
Ich war wieder daheim, und das war schön.

65

Mein Leben ändert sich, als ich aufs Gymnasium gehe.
Zu den Dorfkindern kommen andere dazu. Die wachsen anders auf, leben in stattlicheren Häusern in der Stadt, ha-

ben drei Paar Schuhe, zu Hause ein Telefon und ganz viele Bücher und Schallplatten und einen Fernsehapparat, und sie haben nur ein paar Minuten Schulweg. Im Winter fahren sie am Wochenende in die Alpen zum Skifahren und im Sommer zum Starnberger See zum Segeln. In den Ferien fahren sie mit den Eltern nach Italien, damit sie besser Latein lernen. Ihre Eltern sind Lehrer oder Bauunternehmer, sie sind sehr reich, haben ein Auto und sind vornehm, Städterer halt, wie die Lammermutter sagt, die, glaube ich, nie in der Stadt gewesen ist.
Ich vergleiche meine Eltern, die jetzt wenigstens wieder miteinander reden, wenn auch lieblos, mit den Eltern der Stadtkinder. Meine schneiden nicht gut ab, und es dauert einige Zeit, bis ich es ertragen kann, dass mich meine Schulkameraden aus der Stadt im Dorf besuchen. Ich habe Angst, weil wir so arm sind.

66

Am 6. Juni 1956, zu meinem zwölften Geburtstag, kamen zum ersten Mal mehrere Jungs aus der Stadt. Mit Fahrrädern fuhren sie heraus. Meine Freunde vom Dorf, die Geburtstagsfeiern nicht kannten, man feierte den Namenstag, nicht den Geburtstag, blieben fern. Der Benno musste mit seinen Geschwistern das Heu einfahren, es sollte in der kommenden Woche regnen.
Mutter hatte eine Erdbeertorte gebacken, es gab Kakao, alle brachten kleine Geschenke mit, ein Sigurd-Heft, ein Tarzan-Heft, ein Tom-Prox-Heft, ein Foto vom letzten Wandertag, eine Tafel Schokolade, ein paar Stangen Vivil

und sogar ein Autogramm vom großen Torwart Toni Turek, das hatte der Mitschüler doppelt.
Der Nachmittag verging reibungslos. Meine Mutter war freundlich mit den Kindern, die ihr besser gefielen als die Bauernkinder.
Dann kam mein Vater. Leicht betrunken, angeheitert kam er von einer Beerdigung zurück, die sehr lustig gewesen sein musste. Das kam vor, meistens dann, wenn der Schmerz über einen plötzlichen Verlust so groß war, dass man ihn im Alkohol ertränken musste. Wenn sehr alte Menschen starben, ging es auf der Leich, wie man das Essen und Trinken nach der Grablegung bezeichnete, nicht so lustig zu. Bei der Leich eines natürlich Gestorbenen stand einfach die Frage im Raum, hing wie ein Schwert über den älteren Männern und Frauen, wer würde der Nächste sein?
Meinem von Trauer trunkenen Vater fielen nun meine Schulkameraden aus der Stadt in die Hände. Er machte kleine alberne Späßchen und erzählte ihnen, wie konnte es anders sein, seine imposanteste Geschichte, die er nicht oft genug erzählen und immer wieder neu ausschmücken konnte. Die Jungs aus der Stadt freuten sich und hatten Spaß. Ich aber schämte mich. Mir war der Vater, der zu laut redete, leicht lallte, unglaublich wichtig tat, einfach nur peinlich.
Sehr viel später, an meinem 40. Geburtstag, dem ersten, an dem mein Vater nicht mehr lebte, im Juni 1984, wünschte ich mir, er hätte meinen Freunden, die ich eingeladen hatte, diese Geschichte erzählen können. Ich tat es selbst.
Die Geschichte ging so:
Im Juni 1944 erreichte meinen Vater im Feld die Nachricht von der Geburt seines Sohnes. Gerade von einer Verlet-

zung im Lazarett in Berlin genesen, wollten sie ihn zusammen mit Vierzehnjährigen als Himmelfahrtskommando noch gegen den Russen schicken. Kurz vor dem Abmarsch erreichte ihn die Meldung. Er desertierte, sprang vom Lastwagen, schlug sich in die Büsche und gelangte auf abenteuerlichen Wegen nach Aussig, zu Frau und Sohn. Auf der Entbindungsstation zeigte man ihm ein Dutzend Neugeborener und forderte ihn auf, sich doch eines auszusuchen. Da zeigte er ohne zu zögern auf mich. Wie der Vater diese Geschichte erzählte, wie er sie veränderte, anreicherte, wie er, vom Saulus zum Paulus geworden, die Tatsache seines Desertierens ausschmückte, geradezu einen Widerstandsakt daraus machte, das wäre, wie überhaupt sein ganzes Leben, das sagte er selbst gerne, ein Roman gewesen. Und wenn er die Zeit dazu hätte, sagte er stets, würde er ihn schreiben.
Dein Vater ist ein lustiger Vogel, sagte der Erwin, der in der Schule neben mir saß.
Ich schämte mich.

67

Die Mutter meines Vaters und der Vater meines Vaters leben nicht mehr. Sie sind gestorben, als mein Vater ein Kind war. Der Vater meiner Mutter ist während des Krieges gestorben. Ich habe also keinen Großvater, nur eine Großmutter, die Mutter meiner Mutter, die wir die Berliner Oma nennen. Während ihre Töchter Ruth, Barbara und meine Mutter mit ihren Männern nach der Flucht in Bayern geblieben sind, ist meine Oma gleich nach dem Krieg wieder

nach Berlin gegangen. Sie wollte ohne Berlin nicht leben, hat sich über den Krieg einen kleinen Wohlstand gerettet, auf dem sie, wie mein Vater sagt, wie eine Glucke sitzt. Einmal im Jahr, seit wir das Haus haben, und immer dann, wenn Ferien sind, kommt sie für zwei Wochen zu uns und macht, wie mein Vater sagt, die mondäne Dame, die Hof hält. Ich weiß nicht, was mondän ist, aber der Vater sagt, dass die Oma das ist. Und dass sie eine Dame ist, sagt er auch. Die Bauern sind von ihr beeindruckt, sie ist eine fesche Frau, sagen sie, wenn sie erhobenen Hauptes durchs Dorf geht, mit einer gnädigen Handbewegung jedermann grüßt, aber mit niemandem spricht. Solche Erscheinungen kennt man bei uns nicht. Da hat man Respekt. Sie geht wie eine Königin, sagt die Lammermutter.
Ich mag die Oma nicht. Sie ist streng, meckert an mir, meinem Vater und meiner Mutter herum, ist herrisch, und es muss alles so sein, wie sie es will. Nichts ist ihr recht, alles muss sich um sie drehen, sie ist wie ein böser Geist im Haus. Die zwei Wochen sind immer furchtbar. Wenn mein Vater sie dann am Ende zum Bus bringt, mit ihr nach München fährt, um sie dort in den Zug nach Berlin zu setzen, sind wir alle erleichtert. Dann erst sind Ferien.
Die Berliner Oma ist geizig. Sie schenkt zu Weihnachten oder zum Geburtstag nur alte, gebrauchte Sachen. Dem Vater schenkt sie eine abgewetzte Krawatte, die schon der verstorbene Opa getragen hat und die mein Vater nur so lange aufhebt, bis er sie einmal in ihrer Anwesenheit getragen und sie das gemerkt hat. Außer, wenn er mit der Kanone für einen verstorbenen Krieger schießen muss, trägt mein Vater nie eine Krawatte. Meine Mutter muss, wenn die Oma bei uns ist, Strickjacken oder Kleider tragen, die die Oma, was sie auch sagt, in Berlin unmöglich mehr tra-

gen kann. Hier auf dem Dorf ist das immer noch gut genug, meint sie, weil ja hier die Modeneuheiten nicht ankommen. Da kann die Mutter, sagt sie, die Sachen gut auftragen. Ich kriege jedes Jahr zu Weihnachten einen Tierkalender, auf dem draufsteht: Berliner Bank. Da hat sie, sagt mein Vater, ihr Geld liegen, den Kalender kriegt sie von der Bank geschenkt.
Die Oma ist groß, hager, hat weiße Haare, die sie auf dem Kopf zu einem Knödel zusammengebunden hat. Da, wo die Lammermutter einen Busen hat, an den sie den Brotlaib drückt, um mit einem langen Messer gleich große Scheiben abzuschneiden, hat die Oma nichts. Das ist bei meiner Mutter und ihren Schwestern auch so, das haben sie von der Oma geerbt. Die Oma hat Rosszähne, und wenn sie schimpft, habe ich Angst, dass sie mich beißt. Obwohl sie immer nach Parfum riecht, ist mir die Oma eklig. Bei den von ihr eingeforderten Gutenacht- und Gutenmorgenküssen mache ich mich ganz steif. Sie riecht alt. Die Lammermutter, die fast so alt ist wie die Berliner Oma, riecht nicht alt. Sie riecht nach dem Holzfeuer, das sie macht, nach dem, was sie kocht, nach den Äpfeln, die auf einem langen Tisch in der Stube gelagert sind, nach den Dampfkartoffeln für die Schweine, nach Weihwasser, nach dem Krautgarten vor dem Haus, nach Butter und Schmalz. Das sind neben denen der Schreinerei die Gerüche, die ich liebe. Mein Vater riecht nach Bier, Zigaretten und Rasierwasser. Meine Mutter riecht immer nach der Seife, die wir alle benutzen, weil wir sie umsonst kriegen, und zwar vom Onkel Karl, der als Rechtsanwalt für einen Seifenhersteller arbeitet und anscheinend mit Seife bezahlt wird. Karl und Barbara verteilen die Seifen über die ganze Verwandtschaft. Nur die Berliner Oma lehnt die Seife ab. Die ist ihr,

wie Tante Ruth sagt, nicht gut genug, denn sie nimmt nur französische Seifen. In der Zeit, als es bei uns noch nicht nach Hühnerscheiße und Fischmehlhühnerfutter roch, war der Geruch der Seife in unserem ganzen Haus. Der Veit, den ich auch gerne rieche, riecht wie alle Wirtschaften, die eine eigene Metzgerei haben, nach Schlachthaus und Bier, nach warmem Blut, Malz und Hopfen, nach Blut- und Leberwürsten.

Mein Vater redet das ganze Jahr nur schlecht über seine Schwiegermutter. Aber wenn sie bei uns ist, diese zwei elenden Wochen, ist er höflich und rücksichtsvoll und zuvorkommend. Er geht dann nicht über die Dörfer, nicht einmal nach Hetzenbach, und auch in unsere Wirtschaft geht er nicht. Und er benimmt sich bei Tisch, was er zum Kummer meiner Mutter sonst nicht tut. Meine Eltern sind in der Zeit freundlich miteinander, sie streiten nicht und tun alles dafür, dass es der Berliner Oma gutgeht. Und wenn die Oma von ihrem Schwiegersohn Karl, dem Rechtsanwalt schwärmt, der so tüchtig ist, so gebildet, so erfolgreich, dann schweigen meine Eltern. Ich weiß, dass die Oma meinen Vater eigentlich verachtet, weil er nicht wie andere beruflichen Erfolg hat, weil er uns nur recht und schlecht ernähren kann. Und ich begreife auch, dass wir dieses Schuhschachtelhaus, das meine Oma wie meine Mutter auch hässlich findet, nie hätten bauen können, wenn die Oma nicht immer wieder finanziell geholfen hätte. Dass sie das meinen Eltern ständig vorhält und so tut, als sei es eigentlich ihr Haus und nicht, wie mein Vater immer sagt, das Haus der Raiffeisen, ist selbstverständlich. Und weil das so ist, müssen wir uns einmal im Jahr so benehmen, wie es die Oma für richtig hält. Schon Tage vorher werden Tischsitten geübt, wird festgelegt, worüber man reden darf und worüber nicht, welche Wörter man sagen darf und welche nicht und dass man nicht fluchen darf und dass man essen muss, was auf den Tisch kommt. Das Schwierigste ist für mich, beim Essen nicht den Ellbogen auf den Tisch aufzustützen, was nicht einmal mein Vater richtig kann, obwohl er viel größer ist als ich. Die Oma achtet darauf sehr, und sie sticht einem mit der Gabel in den Ellbogen, wenn man ihn aufstützt. Elfriede, sagt sie manchmal zu meiner Mutter, du musst besser darauf aufpassen, dass dir die Männer hier nicht verlottern. Der Junge soll doch kein Bauer werden.

Was ist verlottern?, frage ich meinen Vater einmal.

Das weiß ich auch nicht, sagt er.

Was willst du denn einmal werden?, fragt die Oma.

Schreiner.

Um Gottes willen! Elfriede, das wirst du doch zu verhindern wissen!

Da schweigt meine Mutter.

Manchmal flüchte ich zur Lammermutter in die Küche, darf dort essen und die Suppe schlürfen und beide Ellbogen auf den Tisch legen, wie es auch der Sepp macht und der Lammervater und die Anna und die Lammermutter, wenn sie überhaupt einmal am Tisch sitzt.

Habt ihr jetzt eine rechte Zucht daheim, was, wo die Oma da ist?, sagt die Lammermutter und lacht. Das geht vorbei.

Ja, es geht vorbei.

Am Samstag bringt mein Vater die Oma weg. Das Sonntagsessen am nächsten Tag ist das schönste Essen des Jahres. Mein Vater ist freundlich und nett, so dass er mir direkt leid tut, weil er das Geld, das die Oma immer mal schickt, nicht einfach zusammen mit einer alten Krawatte vom Opa zurückschicken kann.

68

Anfang Juni 1958 verbreitete sich eine Nachricht im Dorf, die man als beinahe unwahrscheinlich anzusehen geneigt gewesen wäre, hätte nicht die Überbringerin dieser Nachricht, die Postlerin, höchstpersönlich im Verlaufe des Postaustragens das zur Nachricht gehörende Detail vorweisen, das heißt herzeigen können. Nachdem schon im Oberdorf und im Unterdorf die Angelegenheit bekannt war, wusste man in Hetzenbach drüben auch schon davon, weil der Viehhändler-Jakob, der der Postlerin auf der Straße begegnet war, in der Gastwirtschaft die unerhörte Begebenheit zum Besten gegeben hatte. Um nicht dummer Phantasiererei oder gar der Lüge bezichtigt zu werden, um überall den Beweis erbringen zu können, ging die Postlerin mit dem Brief in der Hand und unter wortreicher Betonung der Bedeutung desselben erst durchs ganze Dorf und dann zuletzt erst dorthin, wo das Beweismittel hingehörte, in die Metzgerei.
Wirtin, da ist ein Brief für den Veit.
Geh zu.
Doch, da schau!
Für den Veit?
Wenn ich's dir sag.
Von wem sollte jetzt der Veit einen Brief kriegen, von wem?
Notariat.
Was?
Notariat Köhler.
Was steht denn drin?
Das weiß ich doch nicht.
Ja, mach ihn halt auf!

Das darf ich doch nicht.
Warum denn nicht?
Das ist Vorschrift.
Geh, stell dich doch nicht so an.
Es ist einmal die Vorschrift.
Geh zu! Dann gib ihn her.
Er muss unterschreiben.
Da unterschreib halt ich.
Persönlich!
Ich unterschreib ja persönlich.
Nein, Wirtin, persönlich zu übergeben, heißt es.
Ich übergeb ihn ihm ja persönlich.
Nein, das geht einmal nicht. Das ist die Vorschrift.
Was für eine Vorschrift soll das sein?
Postgeheimnis.
Post – geh spinn doch nicht, Postlerin.
Wo ist er denn, der Veit?
Am Hausacker oben.
Dann geh ich halt hinauf zu ihm.
Sie ging.
Neugierig und wütend, aber auch überrascht von dieser Tatsache, schaute ihr die Wirtin nach. Da ging sie dahin, die Postlerin mit ihrer ganzen Wichtigkeit, wie sie sich vielleicht für den Herrn Hochwürden oder allenfalls für den Lehrer gehörte. Vorschriften hätte sie jetzt auf einmal. Ein Postgeheimnis. Das hatte es doch noch nie gegeben. Die und ein Geheimnis, die und eine Vorschrift. Die, die der Gärtner mit seinem Goliath-Dreiradler fast über den Haufen gefahren hätte, weil sie mitten auf der Straße die Postkarte gelesen hat, auf der der Lammer-Sepp aus Rom, wohin er mit seiner Horex gefahren ist, heimgeschrieben hat, dass es gar nicht wahr ist, dass man auf Rom übers Meer

fahren muss und dass sie ihm das Motorrad gestohlen haben, die Hundsitaliener, die verreckten. Die, die sich direkt daneben stellte, als die Frau Seiler in der Poststube drin zu ihrer Schwester in München telefonierte, und es dann dem ganzen Dorf erzählte, dass der Frau Seiler ihr Schwager an der Prostata operiert worden war und danach eine Windel tragen musste; und wie der Herr Seiler in die Stadt hineintelefoniert hat, dass seine Frau, die für eine Woche abgehauen ist, wieder heimkommen soll, das hat sie hinausposaunt, so dass man schon drei Tage ehe sie gekommen ist, gewusst hat, dass die Frau Seiler wieder heimkommt. Die hätte jetzt ein Postgeheimnis, ein Postleringeheimnis! Jetzt hätte sie auf einmal Vorschriften.

Du lieber Herrgott und alle deine Heiligen aufeinander, was kann jetzt ein Brief von einem Notar für den Veit bedeuten? Das hat es doch noch nie gegeben, dass der Veit einen Brief gekriegt hat. Und noch dazu von einem Notar. Herr sei gütig und gib eine Antwort!

Eine Hitzigkeit stieg in der Wirtin hoch, die anders war als die hitzigen Wellen, die sie in letzter Zeit heimsuchten. Schweißnass war sie, der Schweiß rann von ihrem Kinn zwischen ihre Brüste, und die Gedanken in ihrem Kopf jagten sich. Notar, Notar, Notar!, hämmerte es. Der Habenichts, der wird doch nicht eventuell erben?! Der Veit? Ja, von wem denn? Der hat doch keinen. Notar, das heißt doch erben. Der Veit ist ja vom Badischen daheim. Als Bub schon weggegangen. Vielleicht war dort einer gestorben, der dem Veit was vermacht hat. Man wusste ja nichts. Der hat ja nie was gesagt, wo er genau her ist, und nie hat es auch nur das kleinste Zeichen gegeben, dass irgendwer sich um den Veit gekümmert hätte, dass es da noch wen gegeben hättc, Verwandtschaft oder so was. Mein Gott,

die vermaledeite Postlerin, die! Die hätte doch den Brief hergeben können. Den hätte man doch sorgfältig aufmachen können und wieder zukleben. Da hätte der Veit doch gar nichts gespannt davon. Aber dann wüsste man, wie man dran ist. Und wenn der Veit erbt, was macht der denn damit, wo er doch keinen hat? Dann – dann – sie traute sich kaum, den Gedanken fertig zu denken, der da in ihr aufkam. Sie verbot es sich sogar, den Gedanken zu denken, und während sie aber über die Metzgerei in den Hof ging zur Scheune hinüber, wo der Wirt gerade die Leiter zum Heuboden reparierte, dachte sie ihn doch: Dann würde man erben und könnte – und könnte, ja, da müsste man erst einmal wissen, wie viel der Veit erbt.
Hochroten Kopfes stand sie vor dem Wirt. Der sah sofort, seine Frau kennend, dass etwas ganz Ungeheuerliches passiert sein musste.
Wer ist denn gestorben?
Der Veit hat einen Brief gekriegt.

69

Ich erfahre es noch vor meinen Eltern. Nachdem das Postauto weggefahren ist und die Postlerin den Brief für den Veit und die Postkarte für die Frau Lehrer gefunden hat, ist sie sofort zur Kramerin hinübergegangen in den Laden, wo um die Zeit immer ein paar Frauen stehen und irgendeine Kleinigkeit kaufen, um die neuesten Nachrichten zu erfahren.
Ich stehe vor den Frauen an der Theke, vor mir verführerisch die Glasbehälter mit den Bonbons, die Himbeerbon-

bons, die ich am liebsten mag. Brot muss ich kaufen, Salz, Mehl, zwei Bismarckheringe, die die Kramerin aus einem Faß holt, und für den Vater Zigaretten.
Die Frauen schnattern, kichern, sind erstaunt und neugierig. Der Veit hat einen Brief gekriegt. Die Postlerin wedelt damit vor jeder Frau herum. Sie stecken die Köpfe zusammen, betrachten den Brief, riechen daran, als könnten sie dadurch etwas über seinen Inhalt erfahren. Und sie singen geradezu im Chor: Von einem Notar. Das Wort Notar wird von den Frauen einzeln halb andächtig wiederholt. Ich weiß nicht, was das ist, ein Notar, und ich traue mich nicht zu fragen.
Als ich nach Hause komme, erzähle ich nichts. Ich will nicht, dass mein Vater wieder schlecht über den Veit redet und sich über ihn lustig macht. Irgendwann wird mein Vater es sowieso erfahren, das, was alle im Kramerladen so erstaunt hat: Der Veit hat einen Brief gekriegt. Von einem Notar.
Vater, was ist ein Notar?
Warum willst du das wissen?
Nur so.
Ein Halsabschneider ist das, ein Notar.

70

Die Postlerin ging eilig den schmalen Weg zum Hausacker des Wirts hinauf. Unten sah sie die Wirtin am Schlachthaus vorbei über den Hof zur Scheune laufen. Der Veit mähte Gras. Lange ausholende Schnitte machte er. Auch beim Mähen war der Veit wie beim Sensedengeln in die

Arbeit versunken. Ein Mann, sagt er immer, macht eine Sach, eine, nur eine Sach, und wenn die fertig ist, dann macht er eine andere Sach. Der Onkel Walter, der aus Millionen Streichhölzern Kriegsschiffe baute, sagte immer: Ein Mann geht einen Weg.
Der Veit hielt inne, wetzte die Sense, sah die Postlerin, sah, dass ihr irgendeine Wichtigkeit im Gesicht stand.
Veit, da ist ein Brief für dich.
Zögernd reichte sie ihm den Brief, als wollte sie dieses ihr vertraut gewordene und doch ein Geheimnis enthaltende Beweisstück für etwas Ungeheuerliches und nie Dagewesenes gar nicht mehr hergeben, ahnend, dass es beim Veit in der Joppentasche und damit hinter einem Vorhang des Schweigens verschwinden würde, hinter dem sich auch die ganze Wahrheit über seine Herkunft verbarg.
Vergelts Gott, Postlerin, sagte der Veit und steckte den Brief in seine Joppentasche.
Da musst du unterschreiben.
Er tat das und steckte das Wetzeisen wieder in den Köcher, den er am Hosengürtel trug.
Magst ihn nicht aufmachen, Veit?
Das hat Zeit.
Er ist von einem Notar.
So so, ja.
Von einem Notar aus der Stadt.
Ja ja.
Es könnte doch eventuell was Wichtiges sein, wo es doch von einem Notar kommt.
Sie schrie das ungewohnte Wort Notar förmlich heraus, wiederholte es mehrfach, was den Veit gar nicht beeindruckte.
Nachher hat's auch Zeit.

Er mähte weiter.
Die Postlerin gab auf. Sie sollte später erzählen, dass der Veit gerade so getan hatte, als würde er jede Woche einen Brief bekommen, einen Brief sogar von einem Notar. Dabei könne sie schwören, dass der Veit so lange, wie sie die Postlerin ist, und das sind bald dreißig Jahre, noch nie einen Brief und schon gar nicht von einem Notar bekommen hat.
Was sollte sie denn jetzt den Leuten sagen, die fragten, was in dem Brief vom Veit drinsteht? Alle fragten sie, die Postlerin. Sie sollte immer alles wissen, wenn sie nichts wusste, hieß es, dann weiß keiner was. Du musst es doch wissen, sagten sie alle, ja, wenn du nichts weißt, wer soll dann was wissen? Wenn es so sein würde, wie sie annahm, dass der Veit sich über den Brief und seinen Inhalt ausschweigen würde, dann konnte sie sich ja was ausdenken, was die Fragenden zufriedenstellen würde. So kam es unter die Leute, dass eine alte Tante vom Veit im Badischen, von wo er daheim war, gestorben war und ihm eine Sach, ein kleines Sacherl, wie die Postlerin sagte, ein Häuserl, ein kleines Stückerl Grund, vermacht hat. Jedenfalls was ganz Kleines, etwas, das kaum der Rede wert war, ganz klein dachte sie sich das, was der Veit geerbt hatte, denn je kleiner es war, desto weniger spielte es eine Rolle, wenn es am Ende vielleicht gar nicht wahr war. Und das von dem geerbten Sacherl habe ihm der Notar jetzt geschrieben, und da wird er dann hingehen, der Veit, wieder heimgehen, die Hausener Wirtsleute verlassen, was ihnen, wie die Postlerin der heimlichen Überzeugung war, recht geschieht, weil sie ihn doch nur ausnützten, den Veit. Als der Veit dann eine Woche später plötzlich verschwunden war, sah sich die Postlerin bestätigt, und sie sagte dann, dass ihr der Veit

am Hausacker oben ja den Brief vorgelesen habe, in dem es geheißen habe, dass der Veit wegen einer Erbsache den Notar anrufen soll. Und dass er am nächsten Tag in die Stadt hineintelefoniert habe, berichtete sie, zu dem Notar habe er hintelefoniert, und dass sie aber nicht verstehen hatte können, was er gesagt hatte, weil in dem Moment gerade ihr Mann, der Karl, mit dem Traktor in den Hof gefahren war und dabei ein Huhn zusammengefahren hatte, wobei es draußen so eine Umeinanderschreierei gegeben hatte, dass sie, wie gesagt, den Veit nicht verstehen hatte können, sosehr sie sich auch bemüht hatte, was man ihr zweifellos glaubte. Dass aber von einer Erbschaft die Rede war, so viel habe sie noch mitbekommen, ehe ihr Mann in den Hof gefahren ist.

Der dreifaltigen Wahrhaftigkeit meines Vaters, des Viehhändlers und des Hochzeitladers war das, was die Postlerin zu wissen vorgab, zu wenig, zu geringfügig, als dass sie sich damit befassen wollten. Einer, ein armer Hund sozusagen, erbt ein kleines Sacherl von einer Tante, was wäre da dran gewesen, um drüber zu reden. Nein, hinter dem Verhalten des Veit, der sich über den Inhalt des Briefes ausschwieg, auf Nachfragen einfach nicht antwortete, sogar so tat, als wisse er gar nichts von einem Brief, steckte eine unerhörte, abenteuerliche Geschichte, dessen waren sich die drei sicher. Sie stellten Spekulationen an und Behauptungen auf, die sie Tatsachen nannten. Und je weniger sie wussten, desto abenteuerlicher und exotischer waren die Details. Irgendwie, woher auch immer, tauchte plötzlich das Stichwort »Amerika« auf. Es wurde eine Geschichte daraus, die bald jeder im Dorf glaubte oder zu glauben mehr als bereit war, schon wegen ihrer Abenteuerlichkeit:

Veit Kolbs Eltern, Kleinbauern aus dem Badischen, haben gleich nach dem Ersten Weltkrieg ihren Hof verkauft und sind auf Amerika gegangen. Sie hatten einen kleinen Weinberg, sagt mein Vater, nicht bedeutend, schlechte Lage, unrentabel. Den Veit haben sie dagelassen, da das Geld für die Überfahrt nicht gereicht hat. Er kam ins Waisenhaus, sagte der Viehhändler. Na, wie es da zuging, das wusste mein Vater sehr gut, hatte ihm doch sein Sohn ausführlich davon erzählt. Schrecklich. Da war der Veit dann abgehauen, war auf Wanderschaft gegangen und bei den Hausener Wirtsleuten als Knecht gelandet. Drüben, in Amerika, waren die Kolbs mit riesigen Rinderfarmen zu Reichtum gekommen, und jetzt, da die Eltern gestorben waren, wartete ein stattliches Erbteil. Der Notar hatte ein halbes Jahr gebraucht, bis er den Veit gefunden hatte. Weil er ja sozusagen faktisch nicht existierte.

Der Hochzeitslader kannte einen, der einen kannte, der den Notar Köhler kannte, von dem der Brief gekommen war. Der hatte, so der Hochzeitslader, alles bestätigt, nur die Summe der Erbschaft durfte er nicht sagen. Aber es handle sich um einen sehr hohen Betrag. Siebenstellig, sagte mein Vater, sicher siebenstellig! Das brachte erneut das Blut der Wirtin zur Wallung. Siebenstellig! Das ist ja, das …? Mein Vater half ihr bei der Rechnung. Mindestens eine Million, rief er.

Am Abend des Tages der unerhörten Nachricht waren mehr Gäste in der Wirtschaft als sonst. Man hatte sich verschworen, aus dem Veit herauszubekommen, was an der ganzen Sache dran war. Doch der schwieg, saß da, lächelte und trank sein Bier, und selbst wenn sie ihm unterstellt hätten, dass er irgendein Königreich erbt, er hätte ihnen nicht widersprochen.

Es ist halt eine Familiensach, die erledigt sein muss.
Mehr sagte er nicht. Dass er am Nachmittag telefoniert hatte, was ja auch bisher noch nie vorgekommen war, das hatte die Postlerin bestätigt. Aber leider hatte sie nichts verstanden von dem, was der Veit gesagt hat, nicht einmal, mit wem er telefoniert hat, konnte sie sagen.
Mein Vater, geradezu fanatisch in seiner Wahrheitsfindung, hatte zunächst nichts von der Geschichte gehalten. Jetzt aber zog er den für ihn logischen Schluss, dass der Veit darüber reden würde, wenn es nur eine harmlose Familiensache wäre, dass er aber schweige, weil die Sache für ihn zu groß, zu unermesslich, nicht begreifbar ist. Selbstverständlich bot mein Vater dem Veit seine Hilfe an, die der dankend ablehnte.
Musst du jetzt auf Amerika?, fragte einer.
Es muss einer hin, wo einer halt hinmuss.
Der Veit war klug genug, sich aus der Affäre zu ziehen, indem er ihnen, wie angeblich den Militärköpfen des Weltkriegs, den Deppen machte. Wovon sie denn eigentlich redeten? Er habe doch keinen Brief gekriegt, da muss sich die Postlerin was ausgedacht haben, er habe doch noch nie einen Brief gekriegt, und telefoniert habe er überhaupt noch nie. Wahrscheinlich wird die Postlerin jetzt verrückt, anders könne er, der Veit, sich das alles nicht erklären.
Da kam er meinem Vater gerade recht, der solche Ausflüchte nicht gelten ließ. Eindringlich machte er dem Veit klar, wie gefährlich es sein kann, zu erben. Schnell habe man da die falschen Freunde, und schon sei das Geld weg. Er aber könne ihn beraten, mit ihm in ein seriöses Geldinstitut gehen, für ihn sich um die Sache kümmern, denn davon verstehe er was, das sei vor dem Krieg ja sein Metier gewesen, und selbstlos, wie er nun einmal sei, biete er

seine Hilfe an, doch da müsse der Veit Vertrauen zu ihm haben.
Der Veit lachte und sagte:
Dir und vertrauen, Seiler?

71

Also entweder ist die Postlerin jetzt tatsächlich verrückt geworden, oder dieser Veit ist eine ganz durchtriebene Kreatur. Andrerseits hat die Wirtin, sagt sie, den Brief vom Notar auch gesehen und die Kramerin und andere Weiber. Und er will nichts davon wissen. Ja, wo gibt es denn so was! Aber wenn der meint, er kann uns an der Nase herumführen, dann hat er sich schwer getäuscht.
Wütend sitzt mein Vater am Tisch unseres tischgebetlosen, fleischlosen Abendessens.
Dass ausgerechnet der Veit geerbt haben soll, dass er nichts dazu sagt, dass man also nichts weiß, auf Spekulationen angewiesen ist, das bringt meinen Vater auf die Palme.
Ist es nicht ein Hohn, dass er gerade wieder einmal um Geld bei der Schwiegermutter in Berlin nachfragen hat müssen, um beim Holzer die Rechnung für die neue Treppe ins obere Geschoss bezahlen zu können? Was wird so einer denn mit einem Erbe anfangen? Was braucht der denn? Ja, wenn er erben würde, dann! Dann könnte man ein eigenes Geschäft aufmachen. Saatgut, Spritzmittel, Dünger, Obstbäume oder Tierfutter oder ein Reisebüro.
Ein Reisebüro?, fragt meine Mutter verwundert.
Jawohl, ein Reisebüro.

Aber von hier verreist doch keiner.
Er lacht über die von ihm wieder einmal festzustellende Einfältigkeit der Mutter.
Die Geschäfte mit Zukunft sind die Geschäfte, die dem Kunden den Anreiz bieten, etwas zu tun oder zu kaufen, was er bisher nicht getan oder gekauft hat.
Da kenne er sich aus, es fehle ihm nur das nötige Grundkapital, das man ja haben könnte, würde Mutters Mutter nicht so auf ihrem Geld sitzen. Wieder, wie so oft, fordert er seine Frau auf, doch mal ihre Mutter um ein sogenanntes vorgezogenes Erbe anzugehen. Dazu schweigt die Mutter.
Jedenfalls ist es eine Ungerechtigkeit, dass ausgerechnet so ein Narr wie der Veit erbt, sagt mein Vater.
Und nicht so ein Narr wie du, mag meine Mutter denken. Denn sie lacht, was der Vater nun überhaupt nicht versteht und ihn veranlasst, in die Wirtschaft zu gehen, um dieser verlogenen Kreatur mal die Meinung zu sagen oder den Versuch zu machen, die Bauern von der Notwendigkeit eines Reisebüros zu überzeugen.
In Hausen ein Reisebüro! Meine Mutter lacht, prustet heraus. So gefällt sie mir, weil ich es mag, wenn sie über Vaters Unsinn lacht.
Glaubst du, Mama, dass der Veit erbt?
Vielleicht. Und wenn ja, dann gönne ich es ihm.
Ich auch.

72

DIE GEFALLENEN VON HAUSEN 1939–1945
Aufhammer, Ludwig *1917 †1940 – Bachmeier, Josef *1919 †1942 – Bachmeier, Korbinian *1921 †1943 – Bachmeier, Ludwig *1922 †1941 – Dachser, Peter *1930 †1945 – Eisenrieder, Paul *1917 †1942 – Fendt, Johannes *1918 †1939 – Fendt, Karl *1916 †1941 – Holzer, Sebastian *1918 †1944 – Karpfinger, Wendelin *1916 †1942 – Kreitmeier, Korbinian *1920 †1940 – Krimmer, Hans *1919 †1943 – Krimmer, Leopold *1918 †1941 – Messmer, Franz *1916 †1945 – Messmer, Alois *1918 †1942 – Niedermeier, Karl *1929 †1945 – Pflügler, Hans *1921 †1942 – Pflügler, Matthias *1922 †1943 – Reichelmeier, Georg *1918 †1942 – Reichelmeier, Ludwig *1920 †1944 – Sattler, Martin *1915 †1945 – Wagner, Michael *1930 †1940

Über den zweiundzwanzig Namen waren ovale Bilder der im zweiten Krieg gefallenen Soldaten aus Hausen. Die Tafel hing neben der Tafel mit den sechsundzwanzig Gefallenen des Ersten Weltkriegs in der Wirtschaft, fliegenverschissen über dem Burschentisch, neben den Wimpeln der Freiwilligen Feuerwehr. Zweiundzwanzig junge Männer, Bauernsöhne aus einem Dorf mit etwa dreihundertfünfzig Einwohnern. Stumme Zeugen, die auf die Überlebenden und ihren Übermut herunterschauten, von den Jungen schon vergessen, von den Älteren in manchen, zum Zwecke der Sündenvergebung gebeteten Vaterunsern oder pflichtschuldigen Rosenkränzen eingeschlossen, in das stumme Leid der Mütter sowieso.

Jetzt hatte man die achtundvierzig Namen mit Goldschrift in eine große Steinplatte gemeißelt. Man schnitt die Linde am Dorfplatz ab und stellte ein Kriegerdenkmal auf. Rechts standen die Helden des zweiten, links die des ersten der Kriege. Über ihnen ein Helm, ebenfalls aus Stein, davor Kies und eine Säule mit Weihwasser. Und eine neue, schüchterne Linde.

Es war ein Sommersonntag. Kriegerdenkmal-Einweihung. Alle Kirchgänger des Ortes, aber auch die anderen Bewohner, sogar der Veit, standen da, vorne die Kinder. Die Mütter der Gefallenen waren da und die Ehefrauen mit den Kindern, deren Väter auf der Tafel standen, Kinder, die in der Hochzeitsnacht, am Vorabend des Krieges sozusagen, gezeugt worden sind, oder beim einzigen Heimaturlaub des Soldaten; andere Frauen, junge oft, denen der Krieg den Verlobten, den Angebeteten geraubt hat, der Krieg, dieses verfluchte Viech. Neben ihnen standen die, deren Söhne, Männer, Verlobte, Angebetete nicht auf der Tafel zu lesen waren, die nicht den Trost der Gewissheit eines Grabes in Russland hatten, deren Angehörige in irgendwelchen Lagern waren, die vielleicht schon tot waren, aber vielleicht auch noch nicht, vermisst, wie es offiziell hieß. Da war noch die eine oder andere Hoffnung auf eine Heimkehr, auf ein Wunder. Der einen oder anderen war bange bei dieser Vorstellung, hatte sie sich doch wieder einen Mann genommen und den Kindern einen Vater gegeben, oft in Gestalt eines Heimkehrers, der alles verloren hatte und ein Nest suchte. Und die Eisenrieder-Klara stand da mit dem Kind, das sie von einem Amisoldaten hatte, von dem sie nicht einmal den Familiennamen wusste. Johnny hieß er, und er war längst schon wieder nach Amerika gegangen, als die Klara feststellte, dass sie schwanger

war. Der Johnny, von dem es nicht nur keinen Namen, sondern natürlich auch keine Adresse gab, der Johnny aus Amerika.
Good bye, Johnny, sang mein Vater und lachte.
Wenn es ein Neger wird, jagen wir dich zum Teufel, das sag ich dir, sagte die Eisenriederin, als ihr die Klara ihre Schwangerschaft gestand.
Es wird kein Neger.
Eine Sauerei ist es so oder so, und schämen muss man sich dafür. Und ob sie denn die Unzucht wenigstens gebeichtet habe.
Ja, freilich.
So stand die eine da und hatte den Kindsvater irgendwo in Amerika und die andere in Russland, und bei der einen galt es als Unzucht und bei der anderen war der Krieg schuld, der vermaledeite Krieg. Von dem einen wusste man keinen Familiennamen, und der des anderen stand eingemeißelt auf dem Stein. Und die eine war eine Amischicks und die andere Kriegerwitwe.
Auch die alte Karpfingerin stand da. 1915 war ihr in Frankreich der Mann gefallen, der Josef, und 1916 hatte sie seinen Sohn geboren, den Wendelin, und der stand wie der Josef jetzt auch da oben in goldener Schrift. Das Gold, dachte sie, macht sie mir auch nicht lebendig. Wegen ihr hätte es das Denkmal nicht gebraucht. Ihr Denkmal war das Küchenbuffet, wo die Fotografien der beiden hinter die Glastür gesteckt waren. Der Josef schon ganz vergilbt und blass.
Ich war neun Jahre alt, stand mit dem Benno und den anderen Kindern da und bestaunte die Uniformen der Feuerwehrleute und des Trachtenvereins und die bunten Fahnen, die sie stolz vor sich hertrugen und dann zum Denkmal

hin senkten. Und der Pfarrer war da in vollem Ornat mit den Ministranten und Weihwasser und Weihrauch. Die Weiber sangen mit ihren hohen Stimmen, der Pfarrer betete und hielt eine Rede über den verdammten Krieg, und ein Flugzeug der Amerikaner flog über den Ort, als habe man es bestellt, um ein Zeichen zu geben, wir sind jetzt da, wir, die Befreier, wir sorgen dafür, dass es nie mehr Krieg gibt, dass ihr nie mehr Söhne opfern müsst. Manche schauten fast dankbar zum Himmel. Nachdem das Kriegerdenkmal eingeweiht war, spielte die Blaskapelle der Feuerwehr, dass sie einen Kameraden hatte und man einen besseren nicht finde.
Dann folgte das Volksfest auf der Pfarrerwiese. Bier floss in Strömen, es wurde gegessen und getrunken, und irgendwann ließen alle mittels Gesang der Freude freien Lauf, den Krieg überlebt zu haben. Noch saßen die Flüchtlinge an Extratischen, von den Bauern etwas argwöhnisch belauert. Noch konnten sich die Einheimischen an das Ziegenmilchtrinken und Knoblauchessen der Zugereisten nicht so recht gewöhnen. Ein paar Jahre später waren sie bereits mit ihnen verwandt und zogen Knoblauch in ihren Bauerngärten. Das Kind von der Eisenrieder-Klara war kein Neger. Er hieß Johann und lernte seinen Vater nie kennen. Man sah ihm nicht an, dass er von einem Ami war.

73

Der Benno und ich kriechen unter den Tischen herum, wo die Betrunkenen Kleingeld verlieren und wir zwischen den geöffneten Schenkeln der Frauen der einen oder anderen

männlichen Hand begegnen. Und hier unten stehen die Maßkrüge, von den Trinkern in den Schatten gestellt, damit das Bier kühl bleibt. In dieser von uns gewählten Kriegerdenkmal-Einweihungswelt entdecken wir das, was die Erwachsenen einen Rausch nennen. Immer wieder trinken wir an den mehr oder weniger gefüllten Krügen, die wir nur mit zwei Händen heben können. Es ist der Reiz des Heimlichen, des Verbotenen, der über den bitteren Geschmack hinwegsehen lässt. Das Herz beginnt zu rasen, die Welt wird in Nebel getaucht. Die Schenkel der Frauen, die Hosenbeine der Männer, die baumelnden Füße der Kinder, die suchenden Hunde, der verschrumpelte Pimmel des alten Kranz, den er an den Spazierstock legt, um die Pisse zur Erde zu lassen, die sich entfernenden Stimmen, die Musik, der stahlblaue Himmel, die herunterbrennende Sonne, all das verschwimmt zu einer grauen Masse und endet im Dunkel der Ohnmacht. So muss das Sterben sein.
Der Benno und ich, so wird am nächsten Tag nicht ohne Vorhaltungen berichtet, seien plötzlich bewusstlos auf der Wiese gelegen. Der Veit habe uns gefunden, als er ein neues Fass Bier holte. Man habe uns dann mit dem Auto des Hochwürden zum Doktor nach Engenbach gefahren, wo man uns den Magen ausgepumpt habe.
Einen zünftigen Rausch hast du gehabt, sagt der Veit und lacht. Ja ja, da kann man nicht früh genug anfangen damit.
So verbinde ich mit dem Kriegerdenkmal, das Zeuge ist für achtundvierzigfachen Tod, für großes Leid in fast jeder Bauernfamilie, meinen ersten Rausch. Es wird Jahre dauern, bis ich wieder einen Tropfen Bier trinke.

74

Als der Veit am Morgen des 3. Juni nicht zur Stallarbeit und danach auch nicht zum Frühstück erschien, ging die Wirtin mit Herzklopfen zu seiner Kammer hinauf. Der Veit, sein Sonntagsanzug, die guten Schuhe und der Brief waren weg. Keiner wusste was, niemandem hatte er was gesagt, keine Nachricht hatte er hinterlassen. Nur die Postlerin hatte ihn angeblich gesehen, in ein Auto, ein riesengroßes Auto habe sie ihn in aller Herrgottsfrüh einsteigen sehen, sagte sie, aber die sagte viel, was oft nicht wahr war, nur von ihr erfunden, um was zu erzählen zu haben.
Der Veit war weg und tauchte auch in den nächsten Tagen nicht auf. Auch an unserem gemeinsamen Geburtstag war er nicht da. Wo ist er?, fragte ich mich.
Veits Verschwinden verfestigte natürlich die Theorie von der amerikanischen Erbschaft. Wenn man sich auch nicht so recht vorstellen konnte, selbst mein Vater nicht, dass und wie der Veit auf Amerika gegangen sein sollte, um eine Erbschaft anzutreten, so hatte man doch schon gelegentlich von solchen Dingen gehört, und man wollte es einfach schon aus Abenteuerlust glauben. Die Phantasie meines Vaters gönnte dem Veit das Abenteuer.
Er, der plötzlich von Amerika erzählte, als sei er oft dort gewesen, nährte nun die Geschichte mit allerlei Details. Wenn die Eltern des Veit, wie man hörte, mit Rinderzucht reich geworden seien, dann handelte es sich auf jeden Fall um Chicago. Dort seien die größten Rinderfarmen und die dazugehörigen Schlachthöfe, wo man am Tag Tausende von Tieren schlachte. Chicago, den Namen warf er mehrfach in den Raum, zelebrierte ihn. Chicago, das heiße auch Verruchtheit, Kriminalität, Gangstertum! Da nehme man

einem wie dem Veit das Geld, wenn er denn dort eines bekomme, schneller wieder ab, als er es bekommen habe. Es sei schlicht unverantwortlich, den armen, einfachen Kerl da alleine hinfahren zu lassen. Veit, so mein Vater, hätte sich ihm anvertrauen sollen. Er spreche schließlich amerikanisches Englisch, ja, da sei ein Unterschied zwischen englischem Englisch und amerikanischem Englisch. Er hätte den Veit begleiten können, ihm helfen, ihn beraten, ihn vor dem in Chicago todsicheren Zugriff der Gangster bewahren können. Mein Vater beschwor ein tragisches Ende des Veit herauf, denn den Klauen der Chicagoer Gangster entkomme niemand.

Die Bauern seufzten.

Die Wirtin sprach von Undankbarkeit. Aber tief in ihr drin war eine Hoffnung auf etwas, was sie schon seit Tagen dachte, was ihr keine Ruhe mehr ließ, sie in den Schlaf verfolgte. Wenn der erbt, der hat doch keinen. Der hat doch nur uns. Und wir sind doch gut zu ihm. Wir können auch noch besser sein zu ihm, es ihm gutgehen lassen. Sie nahm sich vor, wenn der Veit wiederkommt, wie eine Mutter zu ihm zu sein, oder wenigstens wie eine Verwandte. Anders als bisher wollte sie jedenfalls sein oder zu sein versuchen.

Wenn er überhaupt wiederkommt, dann kommt er so arm wieder, wie er hingegangen ist, sagte mein Vater, der die Gedanken der Wirtin wohl durchschaute.

Mir soll's recht sein, seufzte der Wirt, wenn er nur wiederkommt.

Mein Vater erzählte von Al Capone, einem berühmten Gangster, von Schießereien, von einem Alkoholverbot, um das es Mord und Totschlag gegeben habe. In Chicago, sagte er, schlägt man jemandem die Hand ab, um an dessen Koffer zu kommen, und es werden täglich mehr Menschen auf offener Straße erschossen, als Hausen Einwohner habe. Und von Gangsterbräuten erzählte er auch, genüsslich natürlich. Weiber, sagte er, die so durchtrieben sind, dass schon so mancher Mann sein Vermögen in deren Büchsen versinken hat sehen. Büchse nannte er das, was ihn wohl immer wieder zur Wirtin nach Hetzenbach trieb.

Der Messmer-Ludwig ging, soweit man sein trunkenes Schwanken als Gehen bezeichnen konnte, die etwa hundert Meter von der Wirtschaft zu seinem Paradies. Der Mond schien, es war nicht so dunkel wie sonst. Mein Gott, dachte der Ludwig, mein Gott, der Seiler. Ob das alles wahr ist, was der erzählt. Wahr ist es vielleicht nicht, aber interessant ist es, was Neues ist es, dachte er. Chicago, Gangster, Tod und Verbrechen! Durchtriebene Weiber mit riesigen Büchsen! Armer Veit. Was es nicht alles gibt auf der Welt, herrgottsakramentnocheinmal! Trotz seines betrunkenen Kopfes ging er nicht gleich ins Bett. Er setzte sich in seine Hollywoodschaukel hinter dem Haus, sah das Meer und hörte es rauschen und träumte von Büchsen und Gangstern, von Schießereien, vom blutüberströmten Körper des Veit, den eine Kugel tödlich getroffen hatte, und von einem Koffer voller Geld. Er öffnete ihn und sah wertloses Geld aus der Inflationszeit, abgewetzte Scheine mit siebenstelligen Wertaufdrucken. Er warf das Geld ins Meer, dessen Wellen es beim Zurückweichen mit sich rissen. Das Meer, in dieser Nacht war es besonders laut und ungestüm. Es hätte ihn bestimmt auf Amerika bringen können.

75

Jessesmariaundjosef, gut, dass der Veit neben mir sitzt, im Flugzeug auf Amerika. Himmelangst wär es mir, wäre ich hier alleine. Da müsste ich am Ende noch Gebete in den Himmel schicken vor lauter Angst. Ich zittere und schreie laut, als das Flugzeug vom Boden abhebt. Ich will raus, nein, nein, nicht, ich will raus! Der Veit lächelt, nimmt meine Hand und zeigt zum Flugzeugfenster hinaus, wo man jetzt das immer kleiner werdende München von oben sieht. Da, sagt der Veit, schau, die Stadt, jetzt da, die Autobahn, unsere Autobahn! Das Moos. Der Baggersee jetzt, da, ja schau nur, da, Hausen! Tatsächlich dreht das Flugzeug, als habe man das extra für den Veit und mich bestellt, eine Kurve über Hausen. Wir sehen die Kirche, das Pfarrhaus, das Schulhaus, den Lammerhof, die Hopfenberge der Hallertau, dann dreht das Flugzeug, stetig an Höhe gewinnend, ab in die Wolken. Wie klein das alles dort unten ist, wie die Weihnachtskrippe mit der Scheune, den Schafen den heiligen drei Königen, Maria und Josef, den Hirten und dem Kind. Da sitzt der Veit neben mir, und ich habe gar keine Angst mehr.
Wie lange fliegen wir bis auf Amerika?, frage ich ihn.
Zwei, drei Stunden.
Er schließt die Augen.
Jetzt schlafen wir, und wenn wir aufwachen, sind wir schon in Amerika, sagt er.
Ich schließe auch die Augen, lehne den Kopf an die Schulter vom Veit und schlafe ein.
Da wache ich auf. Ich habe geträumt. Aber was? Ich weiß es nicht mehr genau. Irgendwas vom Veit und einem Flugzeug und von Amerika.

76

Unser Herr Hochwürden hatte außer seiner Beziehung zu einer Frau aus der Stadt noch eine andere Leidenschaft: Er züchtete Apfelsorten. Der ganze Pfarrgarten war eine Apfelplantage. Es waren die besten Äpfel, die es bei uns gab, seltene Sorten, sogar Äpfel, die der Hochwürden selber gezüchtet hatte, Äpfel, die es bisher gar nicht gegeben hatte, neue Sorten. Sogar im Tagblatt stand ein Bericht über unseren Pfarrgarten, das Apfelparadies, über den geistlichen Pomologen von Hausen, den Apfelforscher. Im Pfarrhaus hingen überall an den Wänden Bilder von Äpfeln. Der Hochwürden hatte alle seine Äpfel gemalt und die Bilder an die Wand gehängt. Jeder Apfel hatte eine Nummer. Auch im Zimmer der Pfarrbibliothek, wo sich die Frauen Liebesromane holten und ich mir immer wieder einen neuen Band Karl May, hingen die Bilder. Sie waren wunderschön, so echt waren die Äpfel gemalt, dass man hineinbeißen mochte. Die schönsten dieser Bilder konnte man später, nach dem Tod des Hochwürden, in einem Buch bestaunen.

Der Pfarrer malte auch andere Bilder. Bilder von Heiligen malte er und Gebirgslandschaften und Bauern auf dem Feld, bei der Erntearbeit, beim Pflügen und beim Kartoffelklauben. Manchmal malte er sie auf Häuserwände, oben in die Giebeldreiecke hinein. Meiner Mutter gefielen nur die Apfelbilder, die anderen, sagte sie, sind Kitsch. Mir gefielen sie. Besonders gefiel mit der St. Georg in der Kirche im Kampf mit dem Drachen. Der Drache spuckte Feuer aus dem Maul. Später verstand ich, was meiner Mutter nicht gefallen hat. Es waren zeitlose Bilder, sehr gegenständlich, ein archaisches Landleben verherrlichend.

In der Hitlerzeit hatte der Herr Hochwürden von der Kanzel gegen die Nazis gepredigt. Wäre da nicht der Lechner gewesen, hätte das keinem was ausgemacht. Aber der hat den Pfarrer verpfiffen, und eines Tages, das erzählte mir die Lammermutter, haben sie ihn abgeholt. Wie einen Verbrecher haben sie ihn abgeführt, direkt vom Altar weg, sagte sie, und die Wut stand ihr immer noch im Gesicht. Der Lammervater sagte, er hätte halt das Maul halten sollen wie andere Pfarrer auch, es war eine Dummheit. Das ließ die Lammermutter nicht gelten. So geht man mit einem geistlichen Herrn nicht um, Hitlerei hin oder her, das gehört sich nicht. Der gottverfluchte Lechner, der gottverfluchte, der sich dann wenigstens aufgehängt hat, seine Strafe soll er kriegen im Fegefeuer oder in der Hölle selber!
Sie haben den Hochwürden nach Dachau gebracht ins Konzentrationslager. Dort hat er weiter Äpfel gezüchtet. Zwischen den Baracken säte er heimlich Apfelkerne, und als es ihm gelang zu fliehen, nahm er die Setzlinge mit. Drei neue Sorten sind so entstanden. Die Sorten standen als kleine Bäumchen im Pfarrgarten. Sie hießen KZ 1, KZ 2 und KZ 3. Der Apfel KZ 3 wurde später Korbiniansapfel genannt, nach dem Vornamen des Herrn Hochwürden.

77

Der Veit und ich sitzen in einem ganz langen Auto. Der Chauffeur ist ein Neger. Man sitzt in dem Auto wie in einem Diwan. Um uns herum sind riesige Rinderherden. Zwischen den Rindern reiten Cowboys und treiben die Viecher zusammen. In der Stadt sind die Straßen ganz breit. Viele Menschen laufen zwischen den Autos und den Rindviechern herum. Sie haben alle ein Gewehr umhängen oder einen Revolver am Gürtel. Die Häuser sind so hoch, dass man den Himmel nicht mehr sieht. Die Spitzen der Häuser kratzen an den Wolken, sagt der Veit. Dann sind wir in einem Haus ganz oben in einem Büro. Rundherum sind Fenster. Ich sehe die niedrigeren Häuser unter mir, dazwischen Menschen wie Ameisen.

Jetzt kommt der amerikanische Notar herein, begleitet von zwei fein angezogenen Negern, die jeder eine Pistole tragen. Sie scheinen den Notar zu bewachen, der uns begrüßt. Mister Kolb, sagt er zum Veit, ich beglückwünsche Sie zu Ihrem Erbe, willkommen in Chicago. Er sagt es auf Amerikanisch. Ein Mann übersetzt es auf Deutsch. Der Mann ist mein Vater. Er übersetzt alles, was der Notar sagt, aber ich glaube, er erkennt den Veit und mich nicht.

Ihre Eltern, Mr. Kolb, sind gleich nach dem ersten großen Krieg ausgewandert. Ich habe hier ein Schreiben Ihrer Mutter, in dem sie Sie um Verzeihung bittet dafür, dass man Sie zurückgelassen hat. Ihre Eltern waren in Deutschland sehr arm, es reichte nicht das Geld für die Überfahrt aller drei Kinder. So gab man den Jüngsten, Sie, ins Waisenhaus. Im Laufe der Jahrzehnte sind die Kolbs durch die Rinderzucht zu Wohlstand gekommen. Jetzt sind Ihre Eltern verstorben, und Sie sind der einzige Erbe.

Eine schöne junge Frau bringt jetzt einen Koffer herein, den sie auf den Tisch stellt und öffnet. Er ist voller amerikanischem Geld. Grünes Geld.

Das ist Ihr Erbe, Mr. Kolb, eine Million Dollar. Ihr Vater hat verfügt, dass die Farm verkauft wird und Sie das Bargeld aus dem Erlös bekommen, so geschieht es nun.

Der Veit starrt auf das Geld. Der Notar nimmt ein Bündel

heraus, blättert es durch und reicht es dem Veit, der kaum wagt, es anzufassen. Schnell legt er es in den Koffer zurück. Die Frau und die Neger lächeln.
Dann geben sie dem Veit den Koffer und machen ihn mit einer Fessel an seinem Unterarm fest, zur Sicherheit, wie sie sagen. Passen sie trotzdem gut auf, sagt der Notar, man hat schon Männern die Hand abgeschlagen, um an den Koffer zu kommen. Mein Vater bestätigt das.
Der Veit lächelt und bedankt sich. Mein Vater und der Notar verschwinden durch eine Tür. Die Neger bringen uns zum Ausgang. Dann sind wir auf der Straße. Der Veit hat den Koffer mit dem Geld in der Hand. Viele Menschen stehen und gehen um uns herum. Sie schauen uns an. Mir wird angst. Plötzlich steht ein Mann mit einem großen Messer neben dem Veit. Er holt aus und schlägt dem Veit den Arm mit dem Koffer ab. Da wache ich auf. Ich bin schweißgebadet. Meine Mutter steht am Bett. Was ist mit dir?, fragt sie. Du hast geschrien. Hast du geträumt?
Ja.
Was denn?
Ich weiß nicht.

78

Wie er gegangen ist, so ist er wiedergekommen, der Veit, unauffällig, von niemandem gesehen. Zehn Tage nach seinem Verschwinden stand er morgens um fünf in seinem Arbeitsgewand im Stall und mistete aus. Die Wirtin, die ihn als erste bemerkte, traf fast der Schlag. Er lächelte und wünschte ihr einen guten Morgen. Sie rannte hinaus, zum

Haus und der Wirtschaft hinüber, und schrie: Der Veit ist wieder da. Was schreist du denn deswegen so?, sagte der Wirt und ging in den Stall hinüber zum Veit.
Bist du wieder da?
Das siehst du doch.
Schon. Und ist alles in Ordnung?
Ja.
Ja, dann.
Damit war der Wirt im Gegensatz zu zahlreichen anderen in Hausen zufrieden. Er war wieder da, er wird einen Grund gehabt haben zu gehen, er wird was zum Erledigen gehabt haben, das geht uns nichts an, sagte er sich.
Der Meinung war die Wirtin nicht. Dass einer einfach zehn Tage verschwand und nichts sagte, von der Arbeit wegblieb und nicht sagte, wo er gewesen ist und warum und ob er jetzt geerbt hat oder nicht und überhaupt, das gehörte sich nicht.
Am Abend trank der Veit wieder seine Biere an seinem angestammten Platz. Ein solcher Mittelpunkt war er noch nie gewesen. Die einen fragten stumm, schauten ihn an, erwarteten eine Erklärung oder versuchten im Gesicht des Veit eine Antwort zu finden, ein Zeichen für etwas von dem, was die neugierigen Gemüter seit Tagen beschäftigte. Andere, wie mein Vater, fragten dem Veit, der nur lächelte, Löcher in den Bauch.
Und, warst du in Amerika?
Mit einem Flieger oder mit einem Schiff?
Oder zu Fuß?
Gelächter.
Warst du in Chicago?
Hast du geerbt?
Sie fragten nach allen Regeln der Kunst, versuchten ihm

etwas zu entlocken, kramten das wenige zusammen, das sie über Amerika wussten, er aber lächelte und schwieg.
Er war jetzt ein anderer.
Für seine Herkunft hatte sich außer dem Seiler nie jemand interessiert. Er war da, gehörte hierher und aus. Jetzt aber, da sie über zehn Tage in seinem Leben nichts wussten, machte es sie schier verrückt. Sie wurden laut, beanspruchten ein Recht auf Auskunft, beschimpften ihn sogar.
Lasst ihn in Ruhe, sagte mein Vater, vielleicht hat er Furchtbares erlebt. Irgendwann wird er es schon erzählen.
Es hat halt was Wichtiges erledigt werden müssen, sagte der Veit. Dann schwieg er wieder.
Die Gelassenheit, mit der Veit ihre Neugier ertrug, sprach nicht für die Theorie meines Vaters. Das dachten fast alle. Und so erhärtete sich der Verdacht und wurde für viele zur Gewissheit: Der Veit hatte ein Erbe gemacht, war ein reicher Mann, hatte sein Geld irgendwo auf einer Bank und lebte aber sein Leben so weiter wie bisher.
Die Wirtsleute, vor allem aber die Wirtstochter behandelten ihn fortan und bis zu seinem Tode liebevoller, als sie das ohne eine Hoffnung auf ein Erbe getan hätten.

79

Warst du auf Amerika?, frage ich den Veit.
Ja, freilich. Darfst es aber keinem sagen.
Ich sag's keinem.
Nie?
Nie!

80

1994 im Sommer. Ich bin gerade fünfzig geworden. Der Veit wäre jetzt neunzig, wenn er nicht vor elf Jahren gestorben wäre. Im Juli gibt es in der Kreisstadt, wo ich aufs Gymnasium ging, ein Klassentreffen. Dreißig Jahre sind seit dem Abitur vergangen. Ich wohne jetzt im Norden der Republik und fliege zum Großflughafen, den man nach dem Vorsitzenden Franz Josef Strauß benannt hat und gegen den mein Vater in seinen letzten Jahren so redlich gekämpft hat. Es war ein Kampf, der mir einen ganz anderen Vater gezeigt hat, einen Mann, der sich für eine Sache eingesetzt hat, stellvertretend für seine Mitbürger, die sich nicht so wie er artikulieren konnten. Natürlich gehörte er zu den Wortführern, aber er war nicht mehr der Sprücheklopfer, der Angeber, nein, es ging ihm sehr ernst um die Sache. Hausen war über die Jahrzehnte ihm, dem Berliner, Heimat geworden, die zu schützen ihm ein Anliegen war, das ernsthafteste seines Lebens vielleicht. Er wollte nicht, dass über Hausen die Flugzeuge im An- und Abflug hinwegdonnern. Mein Vater und seine Mitstreiter haben den Kampf verloren. Ein konservativer Politiker, der als Schüler in meine Parallelklasse ging, hat sie gelinkt. Mit Zustimmung seines großen Vorsitzenden, vielleicht auch auf dessen Geheiß, kämpfte er auf ihrer Seite gegen das Projekt. Niemand ahnte, dass seine Haltung, die sich ja schließlich gegen seine Partei richtete, abgekartetes Spiel war. Zu gutgläubig waren die Flughafengegner. Leider, sagte der angebliche Mitstreiter später, habe er sich nicht durchsetzen können. Sein Einsatz wurde mit einem Ministeramt belohnt.

Mit dem Streit um den Flughafen war die Politik nach

Hausen gekommen, die dort doch nicht einmal in der Nazizeit hatte Fuß fassen können. Die Bauern, die es noch gab, gerieten plötzlich in Gewissenskonflikte. Kämpfen, dableiben, die Stellung halten, sich wehren oder alles so hinnehmen oder den Nutzen ziehen, Grund und Boden an Frachtunternehmen verkaufen, die die Nähe zum Flughafen gut bezahlten. Einige Bauern wählten diesen Weg. Sie wohnen jetzt in Eigenheimreihenhäuschen mit S-Bahn-Anschluss, und über ihren Sofas in den Wohnstuben hängt eine Luftbildfarbaufnahme von ihrem einstigen Hof.
Auf einmal gab es im friedlichen, verschlafenen Hausen Versammlungen der Bürgerinitiative, Protestveranstaltungen, Bürgerbefragungen. Es gingen Unterschriftenlisten und Spendenaufrufe für Gutachten herum, und mein Vater wurde plötzlich von vielen Leuten ernst genommen. Er sprach vom Nebelloch, von gefährlichen Absenkungen des Grundwasserspiegels, von negativen Bodenproben und vom Recht auf Nachtruhe, von den körperlichen Schädigungen durch den Fluglärm und von der Tatsache, dass im Süden Münchens die Politbonzen wohnen, weswegen man dort den Flughafen nicht wolle. Aber die Hausener, auch die längst einverleibten Zugezogenen, die derlei Umtriebe nicht gewohnt waren, taten sich schwer.
Seiler, jetzt gib halt einmal eine Ruh. Das braucht's doch nicht, dass ich da unterschreib. Man kann doch eh nichts machen. Die da oben tun doch, was sie wollen, die lachen doch über uns, die haben doch längst alles beschlossen, das hat man doch seinerzeit mit der Autobahn gesehen, wo man dagegen war, und gebaut wurde sie doch, und man hat nichts dagegen machen können. Seiler, gib eine Ruh.
Die Autobahn, so mein Vater, wurde zu Zeiten einer Dik-

tatur gebaut, jetzt haben wir eine Demokratie, da bestimmen wir mit, da müssen wir gefragt werden, da geht das nicht so einfach über unsere Köpfe hinweg.
Geht's eben schon, Seiler, das siehst du ja überall.
Sogar euer Abgeordneter, den ihr mit euren christkatholischen Stimmen gewählt habt, ist auf unserer Seite.
Schon, aber ausrichten wird er nichts. Die Großkopferten wollen den Flughafen bei sich daheim nicht haben, also kommt er da her. Aus und amen, Seiler. Wir waren, sind und bleiben halt das Scheißhaus von München, sagten sie.
Bauern! Eure Großväter und Urgroßväter haben sich einmal erfolgreich gegen die Eisenbahn gewehrt. Und sie haben erreicht, dass sie in Hausen nicht gebaut wurde.
Ja, leider, sagten einige, die wäre jetzt ein Segen, wo viele von denen, die heutzutage von der Landwirtschaft allein nicht mehr leben können, in der Stadt drin arbeiten. Ein Segen wäre die Bahn für die.
Herbert Seiler führte einen redlichen Kampf. Nach einem Leben voller Niederlagen in läppischen Aktivitäten brauchte er etwas Großes, etwas Bedeutendes, einen Kampf, dessen Dimensionen den Kämpfer wenigstens zum Helden erhoben, wenn schon nicht zum Sieger. Er hat die endgültige Niederlage nicht erlebt. Er starb mit der Hoffnung, Gerichte würden den Flughafen doch noch zu Fall bringen. Er, der als junger Mann in der Nazizeit an fragwürdige Dinge geglaubt hatte, war im Alter ein so geradliniger Demokrat geworden, dass er sogar den Glauben mit ins Grab nahm, ordentliche Gerichte würden für Gerechtigkeit im Sinne und zum Wohle der Bürger sorgen.
Der Flughafen wurde gebaut. Mancher Hausener fand dort Arbeit. Es kehrte wieder Ruhe ein, eine Ruhe, die heute alle paar Minuten durch ein über das Dorf fliegendes Flugzeug

gestört wird, so dass für kurze Zeit eine Unterhaltung auf offener Straße unmöglich ist. So sind die Hausener schweigsamer geworden. Sie bleiben in ihren Häusern, in denen es jetzt Klingeln und Gegensprechanlagen gibt.

81

Ich fliege nach München.

Immer noch lande ich mit einem schlechten Gewissen auf dem Großflughafen, als wäre es ein Verrat an meinem Vater.

Er starb ein halbes Jahr nach meiner Mutter. Ohne sie konnte und wollte er nicht mehr leben. Es war wie bei der Lammermutter. Jahrzehntelang Streit und Zank, ein Nebeneinanderherleben, von Liebe und Rücksicht keine Spur. Als der Lammervater starb, wurde die Lammermutter kurz darauf beim Melken von einer Kuh getreten. Die Verletzung war harmlos. Aber die Lammermutter legte sich hin, stand nicht mehr auf und starb wenige Monate nach ihrem Mann. Mit der Welt hatte sie ihren Frieden gemacht. Seit ein paar Wochen wusste sie auch ihren Sohn Anton gut aufgehoben in einem Grab, wenn auch in einem italienischen.

Meine Mutter hatte verfügt, dass sie in Berlin im Grab ihrer Eltern beerdigt werden sollte. So ist es geschehen. Dass mein Vater ihr im Tod dorthin gefolgt ist, hat mich erstaunt, denn im Gegensatz zu ihr machte er sich nichts aus Berlin, und er war seit seiner Flucht nie mehr dort gewesen. Es war wohl ein letzter Liebesdienst, den er ihr schuldig zu sein glaubte.

Manchmal, so auch heute, wenn ich einen Fensterplatz habe, sehe ich im Landeanflug Hausen greifbar unter mir liegen. Ich sehe die Hölle, den Wald hinter meinem Elternhaus, das Haus selbst, die Schuhschachtel, die meine Mutter nie fotografiert hat, die nach dem Tod meiner Eltern tatsächlich, wie mein Vater das immer behauptet hat, der Bank gehörte, ich sehe die Kirche und das Schulhaus, den Friedhof, den man irgendwann einmal erweitert hat, den heruntergekommenen Lammerhof und das Pfarrhaus, dessen Obstgarten man abgeholzt hat, ich sehe die riesige, mit breiter Zufahrtsstraße versehene Lagerhalle im Unterdorf, die das einstige Paradies vom Messmer-Ludwig unter sich begraben hat.

Mir ist mein Hausen über die Jahre verlorengegangen. Ich werde mir am Flughafen einen Leihwagen nehmen, heute zum Klassentreffen gehen und morgen hinausfahren, nach Hausen, um vielleicht für immer Abschied zu nehmen von dem, was mir mal Heimat war, von den paar Menschen, die ich noch kenne, vom Veit auch, der ein Jahr vor meinem Vater gestorben ist, an einem Donnerstag im Juni 1983.

Bei der Beerdigung soll es sehr lustig zugegangen sein. Natürlich. Er hatte zwar keine Verwandten, aber er fehlte allen im Dorf, das man sich ohne ihn kaum vorstellen konnte.

Am Nachmittag jenes Tages half er beim Schlachten einer Sau, putzte danach das Schlachthaus, mistete den Stall aus, zog dann, das wunderte die Wirtin, seinen Sonntagsanzug und die schon viermal aufgedoppelten Sonntagsschuhe an, ging wieder in die Wirtschaft hinunter und setzte sich, wie jeden Tag, an seinen Platz am Bauerntisch und schwieg lange.

Jetzt spinnt er, er denkt, dass Sonntag ist, sagte die Wirtin zum Wirt und zu ihrer Tochter.
Auf die Frage meines Vaters, wie es ihm denn gehe, soll er gesagt haben: Zu gesund zum Sterben und zu alt zum Arbeiten.
Aber erstens arbeite er doch erstaunlicherweise immer noch viel für sein Alter und zweitens, davon verstehe er was, so mein Vater, sei das Leben auch ohne Arbeit lebenswert.
Das verstand der Veit nicht.
Gerne hätte die Wirtin an dieser Stelle wieder einmal einen Seitenhieb der Art gelandet, dass sie in etwa sagte, es müsse einer ja nur sein Geerbtes hernehmen, dann könnte er ja ein Leben ohne Arbeit haben. Doch sie hat es längst aufgegeben, aus dem Veit irgendeine die Wahrheit zutage fördernde Reaktion provozieren zu wollen. Er ließ sich ja auf nichts ein.
Keiner sprach mehr von den zehn Tagen, die der Veit verschwunden gewesen war, von Amerika gar oder von einem Erbe. Aber es fiel auf, dass die Wirtsleute besser mit dem Veit umgingen, als das bisher der Fall gewesen war. Was er denn heute essen wolle, ob er noch ein Bier möchte, ob man die Kammer oben nicht einmal renovieren, wenigstens neu weißeln solle, er müsse es nur sagen. Er nahm das alles hin, schwieg und lächelte in sich hinein, denn es fiel ihm natürlich auf, dass sich seine Situation verbessert hatte, und er wusste, warum. Und er genoss es.
Dann sei der Veit, erzählte der Vater später, ungewöhnlich früh in seine Kammer hinaufgegangen, nachdem er noch mal die Tatsache gepriesen habe, dass er jetzt, wenn er schon sterben müsse, wenigstens wisse, wo er hinkomme, denn der Pfarrer und der Bürgermeister persönlich hätten ihm ein eignes Grab, allein nur für ihn, versprochen.

Auf die Frage der Bauern, warum er denn jetzt schon ins Bett gehe, soll der Veit geantwortet haben:
Sterben braucht Zeit.
Darauf hätten die Bauern gelacht, einer habe gesagt, Veit, du wirst hundert, wer von dir einmal erbt, der muss lang warten.
Da habe der Veit gelächelt, geheimnisvoll, wie mein Vater betonte, dann sei er in seine Kammer hinaufgegangen und in dieser Nacht gestorben. Er hatte sich aufs Bett gelegt, im Sonntagsanzug, und er war gestorben. In diesem Sonntagsanzug, den er über fünfzig Jahre lang getragen hatte, haben sie ihn dann auch begraben.
Und, wie gesagt, es soll lustig zugegangen sein.
Ich war nicht beim Begräbnis. Darüber war ich traurig. Mein Vater hatte es nicht für nötig gehalten, mir Veits Tod mitzuteilen. Erst Wochen später, als meine Mutter schon zum Sterben im Krankenhaus lag und wir uns in München im Krankenhaus trafen, sagte er eher beiläufig, ach übrigens, der Veit ist auch neulich gestorben. Zum einen störte mich das Auch, da meine Mutter ja noch nicht tot war, und zum anderen war ich wütend, dass er mir von Veits Tod so nebenbei erzählte.
Vererbt hat er nichts, wahrscheinlich war er gar nicht in Amerika, sagte er.
War er schon.
Woher willst du das denn wissen?
Ich weiß es von ihm.
Nein!? Erzähl.
Es ist ein Geheimnis.
Er ist tot, mein Gott.
Trotzdem, es bleibt ein Geheimnis.
So ein Unsinn.

Wusste er denn nicht, was der Veit für mich bedeutet hat? Nein, ich glaube, er wusste es nicht, wie er auch damals, als ich ein Kind war, nichts über mich wusste.

82

Das Klassentreffen findet im Biergarten einer Brauerei statt. Alle sind gekommen. Dreißig Jahre haben wir uns nicht gesehen, aber wir erkennen uns sofort. Die anfängliche Fremdheit verfliegt schnell, denn wir halten uns nicht damit auf, uns von unserem jetzigen Leben zu erzählen, sondern sind nach kürzester Zeit wieder die Schüler von damals. Würde man uns in unser damaliges Klassenzimmer setzen, wir würden sofort funktionieren.
Weißt du noch?
Weißt du noch, wie es im Chemieunterricht dem Studienrat Pfister bei einem Experiment die halbe Hand weggerissen hat? Weißt du noch, wie du in die Ostara aus der Klasse unter uns verliebt warst und sie dir im Pausenhof eine runtergehauen hat, weißt du noch, wie die junge Mathematiklehrerin eine Affäre mit dem Kohlmeier aus der Parallelklasse hatte und beide von der Schule flogen?
Weißt du noch, wie lustig es immer war, wenn wir bei dir auf dem Dorf draußen waren und dein Vater eine Geschichte nach der anderen erzählt hat?
Ja, das weiß ich noch. Und ich habe mich immer geschämt für ihn.
Warum das denn?
Erstens war er meistens betrunken, und zweitens kannte ich die Geschichten ja alle.

Komm, dein Vater war doch ein lustiger Vogel.
Erwin, Sohn eines Bankdirektors, jetzt auch Banker, Leiter einer kleinen Filiale in einem Münchner Vorort, wohlhabend verheiratet, selbst das, was man als einen lustigen Vogel bezeichnen könnte, geistig und emotional auf dem Niveau des Gymnasiasten stehengeblieben, sagt das so lapidar dahin. Hat er das nicht damals auch schon gesagt?
Ein lustiger Vogel.
War er das?, frage ich mich. Ja, das war er auch, ein lustiger Vogel.

83

So darf ich Sie also jetzt im schönsten Biergarten meines Wahlkreises in meiner wunderschönen Heimatstadt auf das Herzlichste begrüßen, meine Damen und Herren, essen Sie, trinken Sie und verleben Sie noch einen schönen Nachmittag an diesem herrlichen Ort! Ich danke Ihnen im Namen der CSU für Ihren Besuch und hoffe, dass Sie wertvolle Erkenntnisse von unserer politischen Arbeit mitnehmen werden. Danke.
Applaus.
Ich erkenne bei den ersten Worten die Stimme und suche die Person dazu. Ich sehe ein hässliches, mürrisches, aus allen Fugen geratenes, feistes Gesicht. Er ist es, der Politiker, dem mein Vater und seine Mitstreiter in Sachen Flughafen damals auf den Leim gegangen sind. Er hat Karriere gemacht, sitzt in München im Parlament, absolviert wohl gerade im Sinne von Wahlkreisarbeit einen Termin mit einer Gruppe von etwa zwanzig Leuten verschiedenen Alters.

Er wird ihnen die Stadt gezeigt haben und vom Vorteil gesprochen haben, den die Stadt durch den Flughafen gewonnen hat, sie werden Kugelschreiber mit dem Aufdruck seiner Partei und von ihm signierte farbige Autogrammkarten mit dem lächelnden, neue Zähne zeigenden Gesicht des Abgeordneten bekommen haben, er wird von seinen Leistungen und seiner Wichtigkeit und vom Erhalt der Heimat und vom Fortschritt und der Gefahr durch Überfremdung gesprochen und er wird jedem einmal die Hand geschüttelt haben.
Und hier im Biergarten, wo die Partei noch einen ausgibt, endet wohl die Mission. Nach den wenigen Worten lehnt er sich zurück, beachtet die Menschen am Tisch nicht mehr, unterhält sich ausschließlich mit einem jungen Mann an seiner Seite, seinem Sekretär eventuell, scheint schlecht gelaunt zu sein, zeigt, dass ihn dieser Teil seiner Arbeit ankotzt. Aber warum, frage ich mich, hält er nicht durch bis zum Ende? Warum kümmert er sich nicht mehr um die Menschen? Sie müssen ihm doch seine Verachtung für sie ansehen. Warum gibt er nicht wenigstens den freundlichen Habt-mich-alle-lieb-Politiker mit dem wenn auch aufgesetzten Lächeln, das manchem von diesen Politikern geradezu ins Gesicht gemeißelt zu sein scheint und das er auf seinen Autogrammkarten zeigt? Hat er das nicht mehr nötig? Hat er das nicht gelernt? Ist er tatsächlich so charakterlos, wie Stationen seiner Karriere das gezeigt haben?
Als ich von der Toilette zurückkomme, bricht er mit seinem Adlatus gerade auf. Wir begegnen uns, schauen uns an. Ein Erkennen, das von beiden Seiten keines sein will.
Als ich am Tisch seiner sich angeregt unterhaltenden Gäste vorbeikomme, sehe ich weiße Stöcke, starre Blicke. Armbinden mit drei Punkten. Es sind Blinde. Denen musste er

freilich nicht ein nach Anerkennung heischendes freundliches Politikergesicht vorspielen. Nur Blinde, so wie der Mann, den er vor zehn Jahren im Suff totgefahren hat, nur ein Pole war, weswegen er auch nur zwölf Monate auf Bewährung bekam – und den Chefsessel einer parteinahen Stiftung. Inzwischen ist er wieder Parlamentarier, zurzeit bayerischer Wirtschaftsminister.

84

Die Flugzeuge über mir begleiten mich nach Hausen. Erbarmungslos donnern sie über das Dorf im Minutentakt. Lieber Vater, wie gut, dass du das nicht mehr erleben musst. Was für ein geschundenes Dorf! Es gibt keine Gastwirtschaft mehr, keinen Metzger, keinen Kramerladen, keinen Schuster, keinen Schmied, keine Post. Die Landwirtschaft ist auf drei Großbauern zusammengeschmolzen. Zwei von ihnen machen nur noch Bullenmast, einer Schweinemast. Sein Betrieb stinkt zum Himmel. Die Scheunen der Kleinbauern sind Lagerhallen für irgendwelche Luftfrachtfirmen, die größte Halle ist da, wo einmal das Paradies war. Höfe vergammeln, wie der Lammerhof, der jetzt eine Kloake ist. Der Sepp ist weggezogen. Verkaufen konnte er den Hof nicht, wer wollte schon unter die Flugzeuge ziehen. Angesichts des halb eingefallenen Hauses weiß ich, dass das heute ein Abschied für immer ist. Die wenigen Menschen, die hier noch wohnen, meist ältere, verschanzen sich hinter ihren Toren und Gegensprechanlagen.
Ich muss an unser Leben hier denken, an die Lammermutter, an den Sepp mit seiner Ziehharmonika, an die Rösser

und den Traktor, an den Konzertflügel und an das Versteck des Halbjuden Herbert Enke, der noch ein paarmal mit seinem Amischlitten gekommen war, irgendwann nicht mehr. Jahre später, er war eine Berühmtheit mit seiner Ratesendung geworden, begegnete ich ihm in München auf einer Veranstaltung. Ich sagte, daß ich aus Hausen bin und meine Kindheit auf dem Lammerhof verbracht habe. Er kenne Hausen nicht und auch keinen Lammerhof. Ihr Schwager hat Sie doch dort im Krieg versteckt, sage ich. Er wisse nicht, wovon ich rede, sagte er und ließ mich stehen. Ich war verblüfft. Er konnte das doch nicht verdrängt haben. Es musste wohl so sein, dass er keine jüdischen Wurzeln haben wollte. In der Nazizeit legte er den jüdischen Namen des Vaters ab. Er wollte Journalist werden. Vielleicht wollte er ein guter Nazi sein, und die Frage nach dem Ariernachweis machte ihm einen Strich durch die Rechnung. Er starb 1984, im selben Jahr wie mein Vater. In einem Nachruf hieß es, er habe im Krieg bei der IG Farben gearbeitet. Ausgerechnet! Der Halbjude bei der IG Farben!

Einen Pfarrer gibt es in Hausen auch nicht mehr. Ein Militärpfarrer aus der Stadt hält alle vierzehn Tage eine Messe. Der kennt keinen, der predigt ein und dasselbe viermal am Tag in immer einer anderen Kirche. Ein Handlungsreisender in Sachen Gottes Wort mit den Oblaten im Kofferraum. Das Pfarrhaus ist verwaist, nachdem der Antiquitätenhändler, der es einmal gekauft hat, auch vor den Flugzeugen geflohen ist. Die Pferdeliebhaber aus der Stadt, die sich vor zwanzig Jahren hier niedergelassen haben, sind auch verschwunden.

Ich gehe die Dorfstraße entlang. An mir ziehen die Bilder meiner Kindheit vorbei wie Schwarzweißfotografien.

Menschen begegnen mir, die ich nicht kenne. Da ist der Kreitmeierhof, wo der Benno mit seinen zehn Geschwistern aufgewachsen ist. Ich treffe den Benno in seiner Werkstatt, die er in der Scheune eingerichtet hat. Er ist Elektriker, fährt mit einem alten VW-Bus über die Dörfer. Er ist verheiratet und hat vier Kinder. Seine älteste Tochter hat ihn schon zum Großvater gemacht. Der Hof wird nicht mehr bewirtschaftet. Als der älteste Bruder, Jakob, der unverheiratet war, an Krebs gestorben ist, hat der Benno den Betrieb dichtgemacht, Vieh, Maschinen und Felder verkauft. Jetzt lebt er alleine hier mit seiner Familie. Seine Geschwister sind in alle Welt verstreut. Er musste sie auszahlen. So ist ihm vom Verkauf fast nichts geblieben. Aber er hat hier sein Auskommen. Der Hof sieht aus wie damals, unordentlich, aber auch abenteuerlich. Der Benno sammelt alte Landwirtschaftsgeräte. Sie stehen im Hof und in der Scheune. Eggen, verrostete Pflüge, Häckselmaschinen, alte Motoren, Rechen, Sensen und Dreschflegel hängen an der Hauswand. Ein kleines Museum. Die Sensen, denke ich, hat vielleicht der Veit einmal gedengelt.
Der Benno ist alt und müde geworden. Es ist nicht eine Begrüßung wie zwischen zwei alten Freunden. Hinter dem Ach-lässt-du-dich-auch-mal-sehen ist ein leiser Vorwurf zu hören. Weggegangen zu sein, den anderen zurückgelassen zu haben, ein anderes, fremdes Leben zu führen, das ist eine Schuld, die wird man nicht los, die steht jetzt zwischen uns wie die Werkbank, hinter der er nicht hervorkommt. Das Gespräch kommt nur langsam in Gang.
Weißt du noch: unser erster Rausch?
Freilich.
Bewusstlos waren wir, und der Veit hat uns gefunden.
Ja, sagt er, der Veit, der ist auch schon tot. Und das Beste

ist – Benno lacht – das Beste ist, er hat nichts vererbt. Was haben sie spekuliert, die Wirtsleute. Gut haben sie es ihm gehen lassen. Das hat er sich gefallen lassen – und hat keinen Pfennig vererbt. Da war es dann aus damit, du kommst in unser Grab. Nichts mehr. Der Burschenverein hat ein Grab gekauft und ein Marterl aufstellen lassen.
Ja ja, es sind fast alle tot, oder sie sind weggezogen. Hausen stirbt aus. Er sagt das mit einer gewissen Bitterkeit.
Wer ist noch da von unserem Jahrgang?
Ich und die Rosa. Die ist wieder da.
Die Rosa!
Er erzählt mir ihre Geschichte.
Nach der Volksschule ist die Rosa auf dem elterlichen Hof geblieben, hat nichts gelernt, hat mit den Eltern und dem zehn Jahre älteren Bruder den Hof bewirtschaftet. Schon als Jugendliche hatte sie zahlreiche Liebschaften. Aber hängengeblieben, wie der Benno sagt, ist keiner. Irgendwann war die Rosa in der Situation der Frieda, die Männer kamen, standen Schlange, benutzten sie und gingen wieder. In einen war die Rosa über all die Jahre verliebt, in den Rudolf vom Schwingshandel, einen Flüchtlingssohn aus dem Unterdorf, der ein paar Jahre älter war als sie. Doch der blieb auch nicht bei der Rosa. Er heiratete Rita, die Tochter eines reichen Hopfenbauern aus der Hallertau. Diese Ehe war, darüber sprach man offen, von Anfang an ein Desaster. Rita setzte Rudolf Hörner auf, betrog ihn, wo sie nur konnte. Es gab immer häufiger Auseinandersetzungen. Zwei Kinder wurden geboren, die Rita und ihre Familie systematisch vom Vater fernhielten. Es war nicht einmal sicher, dass es seine Kinder waren. Rudolf zog aus, litt wie ein Hund, wurde depressiv, kam in psychiatrische Behandlung, verbrachte ein Jahr in einer Klinik, die Rita und ihre

Eltern als Irrenhaus bezeichneten. Dann wurde die Ehe nach etwa fünfzehn Jahren geschieden. Rudolf, jetzt über vierzig, zog weg, an die S-Bahn, arbeitete als Hausmeister in einem Altenheim.

Rosa lebte mit dem Bruder, nachdem die Eltern gestorben waren, alleine auf dem Hof. Die Landwirtschaft gaben sie auf. Der Bruder arbeitete als Bauhilfsarbeiter, Rosa fand eine Putzstelle in ebendiesem Altenheim, wo sie nach Jahren den Rudolf wiedertraf. Langsam, es dauerte ein paar Jahre, wurden die beiden ein Paar. Jetzt hatte die Rosa ihren Märchenprinzen, den einzigen, den sie wirklich geliebt hat. Sie heirateten, und Rosa zog ins Reihenhaus zu Rudolf.

Selbst der Benno, der mit solchen Einordnungen eigentlich nichts zu tun hat, sagt: Sie waren ein glückliches Paar.

Was heißt waren?

Sie waren ein Jahr zusammen, dann hatte Rudolf einen Schlaganfall und starb. Jetzt lebt die Rosa mit dem Bruder, der auch schon einen Schlaganfall hinter sich hat, wieder auf dem Hof.

Die Rosa! Ich muss an ihre feinen gekräuselten Härchen zwischen ihren Zöpfen denken und an die wunderbaren Hakelstecken, die sie gemalt hat.

Dann sehe ich sie.

Sie kniet in einem Beet ihres prächtigen Bauerngartens und zupft Unkraut. Dieser Garten war schon eine Pracht, als wir noch Kinder waren. Ich hatte dafür damals keinen Blick, meine Mutter aber bewunderte ihn, und sie hat ihn auch fotografiert – leider in Schwarzweiß. Ich bleibe stehen und schaue der Rosa zu. Dann sieht sie mich, starrt mich an, erkennt mich zunächst nicht.

Kann ich Ihnen – ja, der Seilerbub!

Hallo Rosa.
Sie kommt an den Zaun. Alt ist sie geworden, dünn, hager, auch im Gesicht. Man sieht ihr den Kummer an. Sie sieht aus, wie die Bäuerinnen damals ausgesehen haben, wie ihre Mutter, die damals in diesem Garten stand. Ein Kopftuch hat sie auf und eine geblümte Schürze um. Ich möchte sie in den Arm nehmen, dabei an die Lammermutter denken und meine Kindheit, an den strengen Lehrer Geißreiter, an den Veit und alle anderen, die jetzt oben auf dem Friedhof liegen, und an die Bank vor mir in der Schule, wo die Rosa saß. Aber das tut man hier nicht, man nimmt sich nicht in den Arm. So ist eine gewisse Verlegenheit zwischen uns.
Wie geht's dir denn? Dir geht's gut, oder?
Ja. Und dir?
Sie seufzt.
Jamei.
Sie schweigt. Ich will ihr helfen. Der Benno, sage ich, hat mir alles erzählt.
Ja, dann weißt du ja, wie's mir geht.
Wir schweigen, haben uns nichts zu sagen.
Warst lange nicht in Hausen.
Zuletzt, wie der Vater gestorben ist – das ist zehn Jahre her. Ich hab ja niemanden hier. Nur die Toten alle. Zu denen geh ich jetzt hinauf.
Sie schneidet ein paar Zweige vom Flieder ab.
Da, die legst du dem hin, den du am liebsten gehabt hast.
Danke.
Ich gehe den Kirchenberg hinauf, an der Schule vorbei. Vor dem Haus sitzen Schwarzafrikaner, Asylbewerber, die man hier einquartiert hat. Dann betrete ich den Friedhof. Hier liegen sie alle, die Lammers, der Stoff-Franz, die Wirts-

leute, der Viehhändler-Jakob, der Holzer, der Messmer-Ludwig unter der Selbstmördertraufe, da wo der Lechner, der Verräter, auch liegt. Dem Ludwig, den die Messmers nicht in ihr Familiengrab gelassen haben, hat man wenigstens ein kleines Marterl mit seinem Namen hingestellt, inoffiziell sozusagen, denn erlaubt ist das eigentlich nicht. Selbstmörder ist Selbstmörder. Mein Onkel Walter und Tante Ruth, die nicht wie meine Eltern nach Berlin wollten, liegen hier, der Schwingshandel-Rudolf, der Hochwürden unter einem schweren Stein an der Sonnenseite der Kirche, wo alle Pfarrer Hausens liegen. Auf dem Grab vom Rudolf steht ein Blumenstrauß in einer Vase.
Und da ist das Grab vom Veit. Er hat tatsächlich sein eigenes Grab.

Hier ruht
Hausens letzter Knecht
Veit Kolb
14. 3. 1904 – 2. 6. 1983

steht auf einem schmiedeeisernen Marterl.
Ich lege die Fliederzweige aufs Grab und muss an unser Geheimnis denken.
Warst du in Amerika?
Ja, freilich. Darfst es aber keinem sagen.
Ich sag's keinem.
Und wie war's in Amerika?
Kalt.
Kalt?
Saukalt.
Jetzt im Juni?
Ja freilich. Weil z'Amerika ist alles andersrum. Da ist es

Nacht, wenn es bei uns Tag ist, und Tag, wenn es bei uns Nacht ist. Und da ist Winter, wenn bei uns Sommer ist, und Sommer, wenn bei uns Winter ist. Da ist es im Juni wie bei uns im Dezember. Und am 6. Juni, wenn wir Geburtstag haben, ist bei denen Nikolaus.
So bin ich vermutlich der Einzige, der weiß, dass der Veit nie in Amerika war und also auch kein Erbe angetreten hat. Ich habe es nie jemandem verraten.
Der Veit!
Ich sehe ihn vor mir beim Dengeln einer Sense, in diese fast heilige Handlung versunken, lächelnd.
Ich muss weinen.

14. 3. 1904 – 2. 6. 1983
14. 3. 1904
14. 3.
Ich lese das immer wieder.
14. 3.
Veit, du Lügner, du!
Ich muss lachen.